# 政略婚に出された孤独な令嬢は、冷酷なはずの年上社長に授かった子どもごと甘々に愛し尽くされています

m a r m a l a d e b u n k o

沖田弥子



marmalade bunko
マーマレード文庫

# 目次

政略婚に出された孤独な令嬢は、冷酷なはずの年上社長に授かった子どもごと甘々に愛し尽くされています

# 政略婚に出された孤独な令嬢は、冷酷なはずの年上社長に授かった子どもごと甘々に愛し尽くされています

# 序章　シンデレラのガラスの靴

ラグジュアリーホテルの窓からは、煌《きら》めく夜景が広がっていた。

ソファに座る美穂《みほ》の足に、大きな手がそっと触れて靴を脱がせる。

端整な顔立ちの夫は、上質な三つ揃《ぞろ》えのスーツに体躯《たいく》を包んでいる。

足元に跪《ひざまず》いている晴政《はるまさ》の長い睫毛《まつげ》を、美穂はいつの間にか見つめていた。

呆然《ぼうぜん》としてしまっていたが、貴公子のように凛然《りんぜん》としている彼が従僕のようなことをするなんていけないと、ようやく声を出す。

「晴政さん……！　そんなことするなんて、いけません」

「なにがいけないんだ？　夫が妻の靴を脱がせるのは当然のことだ」

麗しい笑みを浮かべた彼は平然としていた。

美穂の足が絨毯《じゅうたん》に触れないよう、てのひらに包んでいる。

そんなふうに大切に扱われるなんて嬉《うれ》しいのに恥ずかしくて、胸がどきどきと高鳴った。

緊張しながらじっとしていると、片足ずつ丁寧にバイカラーのレザーパンプスを履かされる。

それはまるでシンデレラのガラスの靴のよう。

でもこの魔法は、十二時になっても解けないのね……。

美穂は不遇の身の上だったが、結婚してからというもの、晴政は深い愛情を注いでくれる。

上質の革で作られたパンプスも、純白のツイードスーツもパールのアクセサリーもすべて晴政からのプレゼントだった。

しかもプライベートルームは、彼が用意した薔薇《ばら》の花束で彩られていた。

貴石をちりばめたような夜景の輝きと、芳《かぐわ》しい薔薇の香りに身も心も包み込まれている。

そしてなにより夫の優しさが、傷ついた心を癒やしてくれた。

高価なプレゼントはもちろん嬉しいけれど、妻を喜ばせようという晴政の気遣いが心に染み込んだ。

「さあ、これでいい。……レストランは個室を予約するべきだったかもしれないな。俺の美しい妻を誰にも見せたくない」

そんなことを言われて、美穂の頬《ほお》が熱くなる。

独占欲を露《あら》わにされると、彼に愛されているのだという実感が湧いた。

「……個室じゃなくていいですから」

ふたりで微笑《ほほえ》みを交わし、晴政に手を取られて立ち上がる。

美穂の耳につけたパールイヤリングが軽やかに揺れた。

部屋を出たふたりはエレベーターに乗り、最上階のレストランへ向かう。

エレベーターには、ふたりきりしかいない。

すると、つと晴政の手が美穂の耳元に触れた。

「イヤリングが落ちそうだ」

「え……そうですか？」

落としてなくしたら大変だ。そう思って手を上げようとするが、晴政がそのまま つけ直してくれた。

彼の熱い指先が耳朶《じだ》に触れるたび、どきどきと心臓が脈打つ。

「うん。これでいいだろう」

「ありがとう、晴政さん」

ほっとしたそのとき——。

不意に、美穂の目の前が陰る。

チュッと熱い唇が触れた。

瞬いたときはもう唇が離れていて、キスされたあとだった。

「あっ……」

驚いた美穂が声を上げようとすると、ちょうどエレベーターの到着音が鳴る。

ドアが開き、待っていた人たちが美穂と晴政に視線を注ぐ。

そのときにはもう、晴政は正面を向いていた。

動揺した美穂が視線をさまよわせると、ぎゅっと手をつながれる。

「さあ、降りよう。予約している席は夜景が見える窓際だよ」

「そ、そう……」

初々しいカップルに見えるであろうふたりを、エレベーターを待っていた人々は微笑ましく見ていた。

どうやらふたりが箱の中でキスしていたのは見られていないようだ。

もう、晴政さんったら……。

悪戯《いたずら》なキスを仕掛けられて、顔が火照る。

瀟洒《しょうしゃ》な廊下を通りながら、晴政は低い声で囁《ささや》いた。

「キスはふたりだけの秘密だ」

「……うん」

彼のまろやかな甘い声が鼓膜を通して体中に浸透する。
つながれたてのひらの熱さが、体の芯まで温めるようだった。
ふたりはレストランのエレガントな空間へ足を踏み入れる。
あの頃は、こんなに幸せな日々が訪れるなんて知らずにいた――。

# 第一章　虐げられた令嬢

暖かな陽射《ひざ》しが降り注いでいる、春の日――。

ふう、と一息つくことが、美穂に許されたわずかな憩いのときと言っていい。

大量の洗濯物を干したあとに空を見上げると、雲ひとつない快晴が広がっていた。

ふつうならば心が晴れやかになるはずなのに、沈鬱なものが澱《よど》むのはなぜだろう。

そんなことを感じる自分に微苦笑を浮かべて、目を伏せる。

朝まで雨が降っていたため、庭には水溜《た》まりができていた。

そこに顔を映すと、大きな目は不安そうに翳《かげ》っていた。肌にはつやがなく、疲れきった顔をしている。ぱさついた長い黒髪をひとつにまとめ、着古したブラウスとズボンに、くたびれたエプロンをつけるのがいつもの服装だ。

美穂は常にうつむいている。そうするしか、この家では許されないからだ。

するとコンクリートの隙間から、小さな花が芽吹いているのを見つける。

こんなに小さな花なのに、過酷な環境でも懸命に咲いている。

「綺麗《きれい》ね……」

そっとつぶやき、あかぎれだらけの手を擦り合わせた。まるで荒れた手を癒やすかのように。

小久保《こくぼ》美穂は、世間で言うところの社長令嬢である。父は会社経営者なので、小久保家のひとり娘として大切に育てられてきた。

だけどそれは、昔の話。

美穂が十四歳のときに病弱だった母が亡くなると、状況は一変する。

父の後妻と連れ子である妹がやってきてから、みるみるうちに小久保家は傾いた。それというのも、継母《ままはは》の亜矢乃《あやの》と妹の杏《あんず》が贅沢《ぜいたく》を好み、散財するからだ。高価な着物や宝石を買い漁《あさ》ったり、ふたりだけで旅行へ行ったりと、まったく働かずに家の財産を食い潰している。

亜矢乃はおろか、杏も家事はまったくしない。仕方なく、美穂は中学生のときから家事を一手に担ってきた。

小久保家は豪邸ではないものの、家中の掃除をひとりでするのは大変だった。そのほかに洗濯や買い出し、食事の支度、後片付けに至るまで、やるべき家事はたくさんある。しかも継母は完璧主義で、塵《ちり》ひとつないかチェックされ、美穂の家事の腕が上がると要求されるハードルも上がり、食事は五品以上あることが絶対になっていた。

美穂は学生の頃から友人と遊ぶこともなく、継母の要求に応えてきた。

大学を卒業してからは父の会社で秘書の補助として働いている。だが、継母が頻繁に会社に電話してきて文句を言ってくるので業務にも集中ができず、オフィスにも居づらい状況だった。それでも会社の人には優しくしてもらっているので、仕事と家事を両立させるため週三で出勤し、残りは家事に専念している。

母が亡くなってから十年が経《た》ち、美穂は二十四歳になっていた。

父の会社は母の死からしばらくすると経営状態が芳しくなくなり、借金をしているようだった。仕事に奔走している父は、いつも疲れた顔をしている。継母と妹の浪費がなければもう少しお金に余裕が出るのではないかと、それとなく言ってみたこともあるのだが、父は「離婚したら世間体が悪い」としか言わなかった。父としても亜矢乃と杏には困っているものの、自分が選んだ再婚が失敗だったという烙印《らくいん》を押されるのが嫌なのだろう。仕事が多忙ゆえ家庭にまで手が回らない父に、自らの窮状を訴えることを美穂はしなかった。

せめて会社が持ち直せば、今の行き詰まった暮らしが変化するのではないだろうか。

そんなかすかな期待を持って、空になった洗濯籠を抱える。

すると、室内から金切り声が響いてきた。

「いつまで外にいるの。早く手伝いなさい！」

継母の声だ。襦袢《じゅばん》を着ている彼女はきつい眦《まなじり》を吊《つ》り上げて、美穂を怒鳴りつける。

いけない。今日はお茶会がある日だった。午後からのはずなので油断していた。

継母と妹は上流階級の交流と称して、頻繁に外出する。そのための支度を手伝うのも美穂の仕事だ。お茶会は着物での参加なので、着付けに時間がかかる。

「でもまだお茶会の時間には早いんじゃない？」

「先方の都合で早まったのよ。遅れたらおまえのせいですからね」

それを聞いた美穂は慌てて家の中に入る。

継母はどんなに小さな瑕疵《かし》でも許さない。小言が始まると数時間を費やしてしまい、それで家事が遅れると美穂のせいになるので気が抜けなかった。

美穂より先に部屋に戻った亜矢乃は、鏡の前で結った髪を気にしている。その近くには、箪笥《たんす》から着物を取り出している杏がいた。当然ながら着物や小物などは用意されていない。すべて美穂が並べなくてはならないのだ。

杏は綺麗に畳んである着物を、鷲掴《わしづか》みにして取り出し、散らかしている。

「もう！　なんで用意しておかないのよ。お姉様は本当に愚図《ぐず》なんだから」

「ごめんなさい。すぐに準備するから、杏は支度してね」

「だからあんたがなにもしないから支度できないんだってば！」

癇癪《かんしゃく》を起こす杏に、美穂は心の中でそっと溜息《ためいき》をつく。

杏は二十二歳なのだが、年齢のわりには幼稚なところがあり、目の前のことしか見えない性質だった。そのため美穂が幼子をあやすように面倒を見なければならない。

美穂の負担を減らすために自分のことは自分でやるなどという発想はない。そんな杏は無邪気だと、亜矢乃は長所に捉えて溺愛している。実の娘の杏のみを可愛《かわい》がり、前妻の娘である美穂は邪険に扱っていた。

化粧を直しながら、継母は息をするように悪態をつく。

「まったく。同じ年頃の娘なのに、こうも杏と違うなんて。杏は溌剌《はつらつ》として愛らしいのに、おまえは本当に無能でみすぼらしいわ」

必死でふたり分の着物や小物を箪笥から出しながら、美穂はぎゅっと唇を引き結ぶ。

いくら頑張っても感謝されることはない。それどころか懸命に励むほど『無能』『愚図』などの評価を下される。そのたびに美穂の自己肯定感は奈落の底まで落ちていく。

もう家を出ていきたいという気持ちはある。ひとりで暮らしたほうがずっと気持ちが楽になるのではないか。

だけど、母と暮らした家を守りたかった。継母は「おまえが家のことをしないんだったら、この家は古いし、すぐ取り壊す」と脅している。彼女なら本当にやりかねないと思うと踏み出せなかった。

今は出かける時間が迫っているので、考えている暇はない。

小袖を衣桁《いこう》にかけて、帯と帯締め、半衿《はんえり》に帯揚げを並べる。着付けをするには数多くの物が必要だ。ふたり分なので、バッグや足袋なども含めると膨大な量になる。

杏が散らかした着物は、あとで片付けないと……。

後始末も考えながら、美穂は必死に準備を進める。

畳は煌びやかな小物でいっぱいに埋め尽くされた。いずれもふたりが小久保家の財産で購入したものである。

ちらりと、鏡から視線を外した亜矢乃が指示を出す。

「着物は浅葱《あさぎ》のほうがいいわね。帯と帯揚げもそれに合わせた色にするのよ」

「えっ……でも、今朝は若草色の着物にするって言ってたんじゃ……」

「気が変わったわ。時間がないから早くしなさい」

「……わかった」

美穂は急いで若草色の着物を衣桁から外し、小物も入れ替える。

より美穂の負担を増やすために、意地悪な継母が言いつけるのはいつものことだった。

浅葱の小袖を亜矢乃に着付けて、ようやく帯締めを結ぶまでに至る。

次は杏を着付けなければならない。

ところが部屋を見回すと、妹の姿がなかった。

「杏、どこに行ったの……？」

ばさりと外から物音がしたので、そちらに目を向ける。

杏は手持ち無沙汰なのか散歩していたらしく、襦袢のまま庭から戻ってきた。

足袋すら自分で穿《は》かない杏は、サンダルを乱雑に脱ぎ捨てると、鏡台の前にどかりと腰を下ろす。

「あーあ、めんどくさいなぁ。着物って窮屈だから嫌なのよね」

「まあ、杏。お茶会には上流階級のご婦人ばかりが集まるのよ。あなたの結婚相手を紹介してもらうためなのだから、綺麗に着飾らないとね」

猫撫《な》で声を出して宥《なだ》める亜矢乃は、いくつもの上等なかんざしを杏の頭に宛てがって見比べている。

「あたしはパーティーのほうが好きだな。まあ、お茶会なら音楽会よりはマシだけど。あれは眠くなるからダメ！」

楽しげに喋《しゃべ》りながら、杏は組んだ足をぶらぶらさせる。

身を屈《かが》めた美穂はその足にどうにか足袋を穿かせた。

彼女たちが行く催しに、美穂は一度たりとも参加したことがない。そもそも着物の一着すら持っていなかった。

母が生きていた子どもの頃は、パーティーに連れていってもらった記憶がおぼろげに残っているが、日々の疲弊した暮らしの中ですり減り、もうそんな華やかな世界のことは彼方《かなた》へ去った。

継母は美穂のことを娘として扱っていないので、おそらく家政婦とでも知人に話しているのだろう。

継母が決して美穂の名前を呼ばず『おまえ』『アレ』などと言っていることからも、存在を認めていないことがうかがえた。

足袋を穿いて立ち上がった杏は「この着物は気に入らない」「帯留めが古くさい」など文句をつけていたが、どうにか宥めて着付けを終える。

再び鏡台の前に座った杏は唇を尖《とが》らせているが、彼女が文句ばかりなのはいつものことである。母親の亜矢乃はそんな杏が可愛くて仕方ないらしく、娘の艶《つや》やかな髪をつげ櫛《ぐし》で梳《す》きながら言った。

「新しい着物を新調しましょうね。やっぱり杏には友禅《ゆうぜん》が似合うわ。お茶会のあと、老舗呉服店へ行きましょう」

ふくれっ面だった杏の表情が笑みに変わる。

だけど美穂は背筋が冷える思いがした。

今だって決して裕福とは言えない状態になっている。家の壁は剥げているし、塀もヒビが入っているのに補修するお金がない。父から渡される生活費と美穂の給料を合わせた額を日用品や食費に宛てがっているが、ぎりぎりの生活だ。

それなのにふたりは贅沢をやめられないのである。

継母と妹は働いていないので、父の名義を使って湯水のごとく買い物をしているのだ。

心配になった美穂は、おそるおそる亜矢乃に言った。

「あの……お母さん。今月使えるお金はもうそんなには残っていないけど……」

すると、ギッとこちらを睨《にら》みつけた亜矢乃が櫛を投げつける。

咄嗟《とっさ》に美穂は目を瞑《つむ》ったが、ガッと額につげ櫛が当たった。

「痛っ……」

「おだまり！　おまえがこの家にいられるのは誰のおかげだと思ってるの!?　わたし

が重勝《しげかつ》さんにお願いしているからなのよ。そうでなければ前妻の娘なんて、家に置けませんからね！」

「……ごめんなさい」

家のためにも贅沢をやめてほしいと美穂はこれまでに何度も言ったのだが、継母には通じない。それどころか、前妻の娘である美穂がいるから金がかかるという論理をふりかざしてくる。さらに物を投げつけるなどの暴力を振るうので、話し合いにならなかった。

いつまでもこんな贅沢が続けられるわけはない。早く目を覚ましてくれないだろうかと願うけれど、美穂にはどうすることもできなかった。

項垂《うなだ》れた美穂が頭を下げると、杏はくすくすと笑った。

普段は不満そうに唇を尖らせているが、自分が得をするときと、美穂が怒られているのを見ているときだけは楽しそうに笑う。

「ふふ。お姉様は馬鹿ねぇ」

「まったくだわ。前妻のお荷物なんて家に置かなくていいのに、重勝さんが追い出すわけにもいかないと言うから……」

ぶつぶつと文句を言った亜矢乃は、選び終えたかんざしを杏の髪につけた。

先ほどは、美穂が家にいられるのは自分のおかげと恩に着せてきたが、やはり父が一応は美穂を守ってくれているのだろう。

支度が整ったので、継母と妹は呼んでいたタクシーに乗るため玄関を出る。

美穂はうつむきながら、ふたりのあとに続く。

門のところまで出て、見送らなければならないと、継母から言いつけられているからだ。近所の人に見られると恥ずかしいのだけれど、誰もがひそひそと噂話《うわさばなし》をするだけで、介入しようとはしない。

あくまでも小久保家のことは家庭内の問題なので、他人にはどうしようもないのだった。小久保家が困窮した途端に親戚は関わろうとしなくなったため、助けてもらう当てが美穂にはない。

そのとき、杏が庭を指差す。

「ねえ、お姉様。あれを見て」

「え……？」

ふと指差された方向を見た美穂は、目に入った光景に驚く。

先ほど干したばかりの洗濯物のほとんどが地面に落ちていた。

洗って真っ白になったシーツは、水溜まりに丸まっている。

慌てて駆け寄り、美穂は洗濯物を拾い上げた。

「今日は風がないのに、どうして……」

かなり汚れてしまったので、洗い直さないといけない。

涙目になってひとつひとつを拾っていると、ふと気づく。

そういえば先ほど、杏は着替える前に外に出ていた。シーツを落としたような物音がしたのも耳に届いている。

まさか、という疑念が胸に湧く。

汚れた洗濯物を抱えた美穂は、杏に駆け寄った。

「杏、さっき庭に出たよね？　もしかして、わざと落としたの？」

大笑いした杏は腹を抱えている。暇つぶしの悪さをして、美穂の不幸をあざ笑う心根の貧しさに落胆した。

美穂に向かって呆《あき》れた顔を向けた継母は、杏の肩に手を置いた。

「杏のせいにするなんて、本当に図々《ずうずう》しいわ。帰ったら杏に謝りなさい。なんの役にも立たないおまえになにができるか、よく考えることね」

冷たく告げられた継母の言葉に呆然とする。

悲惨なことが起こるのはすべて美穂が原因とされている。美穂が愚図で無能だからなのだ。

ふたりから毎日のようにそう言い聞かせられ、脳が灼《や》かれそうなほど疲弊していく。

美穂はもうなにも言えず、うつむいた。

得意気に顎を上げた杏は、優越を込めた目つきで美穂を見る。

ふたりは待機していたタクシーに乗り込んだ。

タクシーが道の向こうに去っていくのを見届けると、どっと疲れが出た。

「ふう……う、ぅ……」

息をつくとともに、両目から涙がこぼれ落ちる。

虐げられた生活と理不尽なことの連続に、ぎゅっと胸が締めつけられる感じがする。

どうしてこんなことになってしまったのか。

ここは美穂の家のはずなのに、居場所がなかった。

あらためて家を出ることが脳裏をよぎるが、仮に出ていったとしても、愚図で無能な自分が社会に出てやっていけるのか。

毎日ふたりから傷つく言葉をぶつけられている美穂は、すっかり自信を失っていた。

この不遇に耐えるしかない。

汚れた洗濯物を抱えているので、涙を拭うことはできなかった。

項垂れた美穂は洗い直すために家へ戻った。

やがて夜になり、長い一日が終わろうとする頃――。

美穂は洗い直したのちに干した洗濯物を片付け、掃除や買い出しを済ませてから、夕食の支度をしていた。

珍しく早く帰ってきた父はリビングで新聞を広げている。

美穂と父の会話はほとんどない。近頃の父は「会社の資金繰りが大変だ」としか言わないので、美穂も気を使って、家のことを事細かには話さないでいた。

すると、外から車のドアをバタンと閉じる音が耳に届く。亜矢乃と杏が、お茶会から帰ってきたようだ。

笑い声が聞こえるので、ふたりは楽しい時間を過ごしたのだとわかる。その分、美穂への当たりがきつくなければいいのだけれど、なぜかふたりは美穂を見ると仇敵《きゅうてき》かのようにいじめてくるので気が抜けない。

怯《おび》える気持ちを胸に押し込めて、黙々とキッチンで作業を進める。

がらりとキッチンの引き戸を開けて杏がやってきた。

料理を一切しない杏は、つまみ食いでしかキッチンに入らない。それなのにわざわざ来たのは、先ほど約束させた謝罪を美穂にさせたいからだろう。

「ちょっと、お姉様。さっきのこと謝ってよ。あたしを疑っておいて黙って済ませようなんてわけにいかないわよ」

調理の手を止めた美穂は、唇を引き結ぶと、杏に頭を下げた。

「……疑って、ごめんなさい」

真実はお互いにわかっているわけなので非常に滑稽なのだが、杏に追及しても意味がない。美穂をいじめて楽しみたいだけなので、そのための理由はなんでもよいのだから。

理不尽に耐えるのは、鉛を含んだかのような重苦しさを感じる。

だが腕組みをして不遜に鼻を鳴らした杏に、納得した様子はない。

「それだけ？　土下座しなさいよ」

「でも、調理中だし、お父さんが気づいたらなにかあったのかと聞かれるんじゃ……」

「いいから土下座しろって言ってんのよ！」

つい今まで楽しげな様子で帰ってきたはずなのに、突然激高するのでついていけない。

ふと気配を感じた美穂が目を向けると、キッチンの硝子《ガラス》戸の向こうに継母が立っているのが透けて見えた。

継母は執念深い蛇のごとく、こちらをうかがっている。美穂が拒否したら、杏に加勢するつもりなのだろう。

自分は家のために懸命に頑張っているのに、どうしてこんなに憎まれなくてはならないのか。前妻の遺《のこ》した娘という立場は、そんなにも疎まれるものなのだろうか。

悲しくてうつむいていた、そのとき。

父が帰宅した亜矢乃を呼んだ。

「帰ったか。ちょっと来てくれ。話がある」

その声に、美穂に向いていた杏の意識が削《そ》がれる。

継母はわざとらしく、「なんですか、あなた」と言ってリビングへ向かった。

父は家庭内のいざこざに関しては口を出さないものの、横暴なふたりに美穂が虐げられている状態なのはなんとなく気づいているだろう。亜矢乃と杏にとっては小久保家の資金がなければ贅沢が続けられないわけなので、父の前では猫を被っている。

杏はこちらを睨んだが、亜矢乃のあとを追ってリビングに行った。

ふう、と息をついた美穂は調理台に向き直る。

ひとまず作りかけの料理を仕上げなくてはならない。まな板で野菜を刻み、フライパンで豚肉を炒《いた》める。コンロにかけている鍋の味噌汁も見ながらなので、調理中は忙しい。

リビングからは父と継母の話す声が、かすかに届いたが、内容まではわからなかった。

継母と妹に横槍《よこやり》を入れられないうちに家事を終わらせないといけない。

「ふう……できた。あとは味噌汁をよそって……」

四人分の肉野菜炒めを皿に盛り、ご飯と味噌汁をよそう。それから作り置きしておいた煮物やおひたしなどを冷蔵庫から取り出して小鉢に盛りつける。ダイニングテーブルにそれらを並べ、箸をセットすると完成だ。

料理に集中できればいいのだが、先ほどのように邪魔をされたり、電話が来たりすると時間がかかってしまい、結果として継母に「遅い」と文句を言われるので、いつも気を張っている。

父たちを呼びに行くため、美穂はキッチンを出た。

リビングの扉を開けると、ソファに座っていた三人が一斉にこちらを見る。

「あの……夕ごはんができたけど……」

「美穂。話があるから、ここに座るんだ」

父から落ち着いた声をかけられ、美穂は瞬きをした。

なんらかの重要な話があるらしい。それは、継母と杏に話していたことと関係があるのだろうか。

「……わかった」

亜矢乃と杏の顔には愉悦が滲《にじ》んでいる。一抹の気味悪さを感じつつも、美穂は室内に入った。

エプロンを外してまとめると、父と亜矢乃が座っているソファの向かい側に腰を下ろす。杏は少し離れた席にいた。

まっすぐに美穂を見据えた父は、重々しく口を開く。

「喜べ。おまえの結婚が決まった」

「……えっ？」

突然言われた父の言葉に驚きを隠せない。

美穂はいっぱいに目を見開いた。

「正確には、見合いだな。相手は山城《やましろ》グループの御曹司で、晴政さんだ。またとない良縁だぞ」

——お見合い結婚。

その重みが美穂の肩に伸《の》しかかった。

相手は山城晴政という御曹司らしい。

もちろん会ったこともないし、結婚なんて考えたことすらなかった。いつかは好きな人と結婚するなんて夢を見られるほど、余裕のある暮らしをしてこなかったというのもある。継母と妹に振り回される生活に擦り切れる日々だった。

美穂は二十四歳の今まで、誰とも交際したことがないし、好きになった人もいない。

それなのに突然結婚なんて言われて、戸惑いが胸を占める。

「でも、私が結婚したら、家のことはどうするの？」

「それはどうにかなるだろう。金銭的な余裕ができるから、家政婦を雇ってもいい」

「えっ……？」

金銭的な余裕ができるとは、どういうことだろうか。

会社の経営が芳しくないので、借金をするために父は駆け回っていたはずなのに。

美穂が首を捻《ひね》ると、父は気まずそうに唇を歪《ゆが》めた。

「実はな、山城さんが資金を援助してくださるんだ。それで借金も返済できる。その代わりと言ってはなんだが……山城さんは独身だから、うちの娘はどうかという話になった」

腑《ふ》に落ちた美穂は、そっと目を伏せる。

つまり、資金援助をする条件として、娘を嫁にもらうということなのだ。

山城といえば、旧財閥を前身とする日本の企業グループで、百貨店やホテル事業、不動産、建設業などが有名だ。美穂でさえもコマーシャルや広告などで知っている。

その御曹司となれば、相当な資産家の子息であり、グループ会社の重役だろう。

「そう……。お父さんは山城さんと友人だったの？」

「友人というほどではないが、資金繰りに悩んでいることを知人に話したら、紹介してもらえたんだ。結婚が決まれば莫大《ばくだい》な額を援助してもらえる。しかもうちは山城家の縁戚になれるんだ。そうなったらもう借金で悩まなくて済む」

必死な形相で語る父に、かすかな落胆を覚える。

父は美穂の幸せのためではなく、資金を融通してもらうために結婚を勧めているのだ。

小久保家の事情を考えたらそれも仕方のないことと言える。

だけど、まるで人身御供《ひとみごくう》のごとく結婚するのはどうなのかという思いが湧いてしまい、美穂は素直に頷《うなず》けない。

すると、継母が得意気に言った。

「気に入られるに決まっているわ。なんといっても相手の山城晴政は四十一歳ですからね。美穂はなんの取り柄もないし美しくもないけれど、二十四歳なのだから若さだけはあるわ」

「えっ……お相手は、四十一歳なの？」

相手が四十一歳だとすると、美穂とは十七歳差になる。そんなに年上の人と結婚生活が送れるのか不安になった。そもそも人付き合いは職場でしかないのに、年の離れた男性となにを話せばいいのかわからない。

それに、資産家の御曹司が四十一歳という年齢で独身なのは、なにかあるのだろうかと勘繰ってしまう。きっと今までにたくさんの令嬢を紹介されたのではないか。それらをすべて断ったということは、とてもこだわりが強いか、掲げる条件が厳しい人だと思われる。

困惑する美穂に、継母はまるで針を刺すような仕草で指差す。

「しかも強面《こわもて》で冷酷らしいんですって。わたしたちの出ているパーティーにはまったく顔を出さないから、野獣みたいな容姿なんじゃないの？」

ぞっと背を震わせる美穂に、杏が追い打ちをかける。

「あたしだったら絶対に嫌だわ。そんな周りから嫌われてるおじさんと結婚して、しかもこき使われる生活なんて、あたしには無理！」

ふたりの楽しげな声は、まるで美穂の不幸をあざ笑うかのよう。

今の環境以上の不遇が待っているなんて思いたくはないが、美穂の胸には不安ばかりが広がる。

だけど、断ったら資金援助をしてもらえないだろう。

会社が持ち直したなら、父も家庭のことに目を向けてくれるのではないか。そうしたら継母と妹の浪費も抑えられるかもしれない。この家だって売り払わなくてもよくなるだろう。

それに従業員は懸命に働いているのに、倒産なんてことになったら彼らに迷惑がかかる。家庭ではいじめられているが、同僚たちは美穂に対して親切にしてくれた。美穂としても職場には思い入れがあるので、どうにかしたいという思いは強い。

会社のためにも結婚するしか選択肢はなかった。

迷いながらも前へ進みたいけれど、不安で心が蝕《むしば》まれる。

そんな美穂に、父は険しい顔をして言った。

「美穂なら年の離れた人でも大丈夫だろう。いいな、美穂。なんとしても山城さんに気に入られるんだ」

「……わかった。お見合いするわ」

そう返事をすると、父は何度も頷いていた。継母と妹は意地悪そうな笑みを浮かべている。

私が結婚するなんて……どうなるの？

戸惑うけれど、まだ結婚が決まったわけではない。

相手に気に入られなければ、資金援助の話もすべてなかったことになるのだ。そのとき継母と妹はおろか、父さえも美穂を責め立てるかもしれない。破談になったら、美穂の居場所はこの家にすらなくなるだろう。

もう後戻りはできない。

覚悟を決めた美穂は、ぎゅっと手にしたエプロンを握りしめた。

# 第二章　運命の人との出会い

お見合いの当日は、快晴が広がっていた。

美穂は朝から忙しかった。いつもの食事の支度に後片付け、洗濯などの家事をこなしつつ、自分で着物の着付けをしなければならない。

もちろん継母と妹が手伝ってくれることはない。

ようやく家事を終えて自室に戻る。

美穂の自室は北の角にある狭い部屋で、もとは納戸だった。

母が生きていた頃は、南側の広い子ども部屋が自室だったのだが、今は妹が使っている。父の再婚でふたりが引っ越してきたときに、美穂の荷物を勝手に部屋から出してしまったのだ。仕方なく納戸を片付けて、そこを自室にしていた。

着物は母の形見の振袖を着る予定だ。

美容院で髪を結う時間はないので、自分でアレンジをしよう。

そう思って部屋の扉を開けたとき。

ハンガーにかけてあった振袖の惨状が目に飛び込んで、呼吸を止める。

「……えっ⁉」

着物の肩から胸にかけて、黒い染みができている。

さっきまで、こんな汚れはなかったはず。

驚いてよく見てみると、黒い染みは墨汁のようだった。

「どうして……」

美穂の部屋には墨汁なんて置いていないし、誤って汚してしまった記憶はない。そもそも朝食を作るために部屋を出てから、一度も自室へ戻っていないのである。

お見合いの時間が迫っているのに、どうしよう。

汚れた着物で見合いの席に臨むわけにはいかない。

相手から非常識と思われかねない。黒い染みのある着物を着た女性に好感を持つ男性なんていないだろう。

かといって、今からこの汚れを落とすのは難しい。レンタル店に、代わりのものがないだろうか。

一縷《いちる》の望みをかけて、美穂は玄関先にある電話の受話器を取る。

店員に事情を話すが、「予約をしていないと借りられません」と無情に言われてしまった。

落胆して受話器を置くと、いつの間にか傍《そば》に杏がいた。

彼女は糸のように目を細め、妖怪じみた気味の悪い笑みを浮かべていた。美穂が困っているのを楽しむときの顔だった。不幸が起こるのは偶然ではなく、往々にして妹の作為によってもたらされる。

「着物を汚したの？　それじゃあ、汚れた着物でお見合いに行かないといけないわね」

喜びを抑えきれないといったふうの浮かれた声をかけられ、まさかという疑念が確信に変わる。

着物に墨汁をかけたのは、杏なのだ。

そういえばダイニングで朝食を終えたあと、杏はすぐに離席して、なぜか廊下を往復していた。なにをしているのかと不思議に思いながら、バタバタする足音を聞いたのだ。

また……と思うものの、美穂は言葉を呑《の》み込む。

すると、杏は不機嫌そうに目を眇《すが》めた。

「なに？　また疑ってるわけ？」

今日のお見合いが成功するかどうかは、小久保家の今後に関わる重要なことなのだ。

それなのに、なぜ杏はあえて失敗に導くようなことをするのか。

だけど犯人を追及する時間などはなく、まずは着物をどうにかしなければならなかった。杏は数多くの着物を所持している。そのうちの一着を貸してもらえないだろうか。

美穂はできるだけ穏やかに話す。

「そうじゃないけど、汚れた着物でお見合いに行ったら、破談になるかもしれないわ。そうしたら資金援助してもらう話がなかったことになるし、家族みんなが困るでしょう？　だから、杏の着物を貸してもらえない？」

杏は真顔になった。

破談になれば、贅沢する金の当てがなくなるのだから、杏だって損をすることになる。それがわからないはずはない。

だが、杏の思考は驚くほど幼稚だった。

「嫌よ。どうしてあたしのものをあんたなんかに貸さなきゃならないの」

「だから、破談になったらうちがお金に困ることになって……」

「うるさい！　あんたが困ればいいのよ！」

癇癪を起こす杏に、美穂は溜息をつきそうになる。

杏から着物を借りようなんて、無茶な頼みだったと悟った。

泥棒に金を貸してほしいと頼むようなものである。妹は美穂の邪魔はしても、手助けしてくれたことなんて一度たりともないのだから。

そのとき、リビングから継母がやってきた。争う声を聞きつけたようだ。

「あなたたち、なにをしているの？」

「お母様、聞いて！　お姉様があたしをいじめるのよ」

「またなの？　わたしの娘をいじめるなんて、本当に性根が悪いわね」

美穂を睨みつけた亜矢乃は、杏をかばうように抱きしめる。

母親に守られて、杏は得意気な笑みを浮かべた。

――わたしの娘。

つまり亜矢乃にとって、美穂は自分の娘ではない。自分の娘をいじめる性悪な女という認識なのだ。

わかりきっていたはずなのに、傷ついてしまう。しかもいつも美穂が悪いことにされるので、それがつらかった。

継母のあとからやってきた父が、廊下に佇《たたず》んでいる美穂に声をかける。

「美穂、早く着替えなさい。もうすぐタクシーが来るんだぞ。見合いの時間に遅れるわけにはいかないんだ」

「……わかった」

争う声が聞こえているはずなのに、なにがあったのか、父が事情を聞くことはない。これまでだってそうだった。父にとって家庭内の揉《も》め事は些末《さまつ》なことなのだ。

うつむいた美穂は部屋へ戻った。

背後からは杏が「愚図ねぇ」と笑う声が耳に届き、傷心をさらに抉《えぐ》った。

ラグジュアリーホテルの車寄せに辿《たど》り着くと、ようやく美穂は顔を上げる。

仕方なく、汚れたままの振袖を着るしかなかった。時間もなかったので、髪はどうにか結い上げたという程度だ。この格好では相手の不興を買うのでは、という不安が胸を占めていた。さらにタクシーの中では「絶対に山城さんから気に入られるんだぞ」と父が繰り返し説くので、余計に落ち込んでしまう。

振袖が汚れているのは、父の目に映っていないようだ。見合いを成功させることで頭がいっぱいなのだろう。

お見合い相手の山城晴政のことは年齢と、山城グループの御曹司で社長を務めているという以外になにも知らない。

旧財閥の御曹司となれば有名人だろうから、情報が載っていないかスマホで調べてみたのだが、メディア露出がなく、あまりわからなかった。

継母は強面で冷酷だと揶揄《やゆ》していたけれど、見合い写真はなかったので、どんな人なのか顔もわからない。だけど上流階級の人ならなおさら、美穂の格好を見て眉をひそめるのではないだろうか。

即座に断られるという結末しか見えず、ホテルに入るのも憂鬱だった。

タクシーから降りると、フロックコートをまとったドアマンがタクシーや高級車で到着した客を出迎えている。裕福そうな人ばかりで、気後れした美穂は父の後ろに隠れるようにして、うつむきながら硝子張りのドアを通る。

ホテルのロビーには大型のシャンデリアが吊り下げられ、キラキラと眩《まばゆ》い光を放っていた。マーブル模様の瀟洒な大理石の床や壁は、曇りひとつなく磨き上げられている。コンシェルジュデスクの隣には滝のようなオブジェが設置されていて、豪奢《ごうしゃ》な雰囲気を醸し出していた。

見るものすべてが高級感に溢《あふ》れているので、美穂は目を見開く。だけど、いっそう自分が場違いなのだということを痛感してしまった。

辺りを見回した父は、つと首を捻る。

「仲人がいないな。捜してくるから、美穂はここで待っていなさい」

「う、うん」

お見合いなので、仲人も同席するのだろう。

ロビーが広いため混んでいる印象はないが、ラウンジのソファには多くの人が座り、幾人もの人が行き交っている。

父が行ってしまったので、美穂は通路側にあるソファの端に腰を下ろした。

美穂自身は仲人の顔を知らないので捜しようがない。

ここまで来てしまったけど、どうしよう……。

家と同じように、お見合いでも傷つくことを言われるのだろうか。無能、愚図と罵られる言葉が頭を巡る。だけど、不格好な支度でやってきた美穂が悪いのだ。いつでも悪いのは美穂なのだ。

涙がこぼれそうになった、そのとき――。

目の前の通路をスーツ姿の男性が通り過ぎた。

きらりと光るものが、男性の手元からこぼれ落ちる。

宝石のようなそれは、ころりと床に転がった。

だが男性は気づかず、大股で去ろうとする。

カーペットに落ちたので音がしないから、わからなかったのだろう。

美穂は慌てて宝石を拾いながら、男性の広い背中に声をかけた。

「あの、落ちましたよ」

指輪だろうかと思った宝石は、カフスボタンだった。シルバーの台座にダイヤモンドのような貴石があしらわれた品なので、宝石の指輪と同じくらい高価なものだろう。

声をかけられた男性は、こちらを振り向く。

カフスボタンを差し出している美穂に、彼は優雅な足取りで近づいた。

だが不躾《ぶしつけ》に距離を詰めることはなく、手を伸ばしても届くかどうかというところで立ち止まる。彼は腕を少し上げて、袖口を確認する。

その優美な所作だけで、セレブリティの気品が滲み出ていた。

「ああ……それは、俺のカフスボタンだ。拾ってくれてありがとう」

彼は美穂に視線を戻し、微笑みを向ける。

形のよい眉は太く、眦が切れ上がっている。鼻梁《びりょう》はすっと通っており、唇はやや厚みがある。とても人相がよい男性だけれど、眼差《まなざ》しにどこか酷薄さが滲んでいる気がして、恐《こわ》そうな印象を与えた。

彼は美穂よりずっと年上に見えるが、背が高くて鍛えているとわかる体躯を、三つ揃えの上質なスーツに包んでいる。濃紺のスーツの胸ポケットから見える、薄紅色のポケットチーフが洒落《しゃれ》ていた。

手を伸ばした男性は、美穂のてのひらから、そっとカフスを摘む。

美穂の肌に接触することはなかった。礼儀として、あえてそうしたのかもしれない。

「振袖なのに、屈ませてしまい大変申し訳ない」

「……いえ、お気になさらず」

どこかで会ったような気もするが、思い違いだろう。

彼の言動の端々から、気遣いや気品が感じられた。彼はこのラグジュアリーホテルにふさわしいセレブリティなのだろう。自分とは違う世界の人だ。

身を引いた美穂は、もとのソファに座ろうとした。

だが、つと男性が美穂の肩口に目を留める。

「失礼。着物が汚れているようだが、どうかしたのか」

「……あっ、これは……」

指摘されてしまい、うろたえる。

肩口から胸元にかけて、べったりと墨汁で汚れているのは隠しきれない。

朱の着物には小花が描かれているが、黒は使われていないので、明らかに汚れだとわかる。父すら気づかなかったか、もしくは無視していたのに、まさか通りすがりの紳士に指摘されるとは思わなかった。

だけど汚れた振袖を着てホテルのロビーにいるなんて、なにかあったのかと思われて当然だろう。

うつむいた美穂は小さな声で答えた。

「自分で汚したんです。その……コーヒーをこぼしてしまって……」

「コーヒーを……？」

明らかに嘘《うそ》だとわかるだろうが、ほかに言いようがない。

汚れは漆黒なのでコーヒーの染みと異なるのは見ればわかる。

だけど、こちらの事情にあまり立ち入られたくないし、彼にこれ以上惨めな自分を見られたくないので、美穂はこのまま男性が去ってくれることを願った。

だが彼は穏やかな声で問いかける。

「きみはこれから用事があるのではないか？」

「そうですけど……」

「では、そのままでは困るだろう。代わりの着物を用意させるので、着替えたらどうだろうか」

「えっ、でも……」

そんなにすぐに用意できるものだろうか。それに初対面の男性にそこまでしてもらうのも悪い。

美穂が戸惑っていると、彼は手振りを交える。

「このホテルは懇意にしているところなので融通が利く。二階のウェディングサロンには着物も多数用意してあるから、すぐに着替えられるよ」

ホテルの結婚式のための着物があるのだ。もちろんそれらも予約が必要かと思うが、彼の伝手《つて》なら借りられるようである。

このまま汚れた着物でお見合いに臨んだら、間違いなく断られるだろう。そうならないためにも、彼の厚意に甘えるべきではないか。

なによりも、男性の紳士的な言動に信頼が持てた。

美穂は勇気を出して、男性に告げた。

「それでは……ご厚意に甘えてもよろしいでしょうか。私としても、ぜひ着替えたいと思っていたんです」

「そうか。では行こう」

エレベーターホールを指し示した男性とともに、そちらへ向かう。ロビーを離れることになるが、父が戻るまでは時間がかかるかもしれないし、すぐに着替えれば問題ないだろう。

銀色に輝くエレベーターの扉が開くと、男性とともに乗り込み、二階で降りる。

フロアの一角には豪奢な絨毯が敷かれたウェディングサロンがあり、眩い純白のウェディングドレスをまとったマネキンが飾られていた。

前を行く男性が堂々とした足取りで、ウェディングサロンに入る。美穂はこんなにも煌びやかなところに出入りした経験がないため、男性の少し後ろをうつむきながらついていく。

お仕着せをまとったスタッフが「いらっしゃいませ」と挨拶して、慇懃《いんぎん》な礼をする。つと振り向いた男性は、美穂に言った。

「手続きしている間、こちらの椅子にかけていてくれ」

「はい」

傍にある来客用のソファを示される。

言われたとおり、美穂はそこに腰を下ろした。

男性がひとりでカウンターへ向かい、スタッフに事情を説明している。なんと話しているかは聞き取れないが、きっと美穂が知り合いだと言って相談しているのだろう。

やがて話を終えた男性は、スタッフとともにこちらへやってきた。

「話は通したから、ドレスルームで着替えてくれ。もちろん女性スタッフが手伝うので、俺はここで待っているよ」

「わかりました。それでは着替えてきます」

ソファから立ち上がった美穂は男性に会釈する。

女性スタッフに「こちらへどうぞ」と促され、ドアで仕切られた隣の部屋へ入った。

ドレスルームは思いのほか広い部屋で、クロークにはずらりとウェディングドレスが並んでいる。壁際に大きな鏡がいくつもあり、華麗なドレスが映し出されていた。

こんなに素敵なドレスを、好きな人との結婚式のために選べるなら、とても幸福なことだ。

私も機会があったら、ドレスを着てみたいな……。

数々のドレスを横に見ながら、畳敷きのエリアに向かう。そちらには造りつけの棚に着物が収納されていた。

スタッフは引き出しを開けながら、美穂にうかがいを立てる。

「お着物のお色は、今着ているものと同じ系統にいたしますか？」

「あ……いえ、こだわりはないです」

朱の着物は母の形見ではあるが、古いものなので、色褪《あ》せた感じはある。かといって美穂には今の流行がどんなものかわからなかった。

「それでは、紅藤ですとか、薄紅、空色などはいかがでしょう。柄は季節に合わせますと桜ですとか、桃や藤もございますよ。気になるものがありましたらお申しつけください」

たくさんの色と柄があり、美穂は目を瞠《みは》った。

スタッフは提案した色とりどりの着物を取り出して、ハンガーに吊していく。どの着物もとても華やかで美しく、素敵なものばかりだ。あまりにもたくさんあって選べない。

迷っていると、つと美穂は薄紅色の着物に目を引かれる。

楚々《そそ》とした桜が散らされた振袖は品があった。それに、これは男性の胸元から覗《のぞ》いていたポケットチーフと同じ色をしていた。

「……これにします」

美穂の目にはもう薄紅色の着物しか映らなかった。

振袖を指差しただけで、心得たスタッフが帯や小物まで用意を整えて、着替えを手伝ってくれる。

薄紅の振袖に、正絹の帯を合わせて、帯締めと帯揚げも白練に輝くものに替える。

全体的に明るい色味なので、美穂の顔色もよく見えた。

鏡に映った自分の姿は見違えたように美しかった。顔には安堵《あんど》の笑みが浮かんでいる。

これなら、安心して見合いの席に行ける。

着物の問題だけではないだろうけれど、汚れた振袖を着ていたため、顔つきまで澱んでいたのだ。

そうすると、ほつれている髪が気になった。

手ぐしで直していると、スタッフが部屋の隅にあるドレッサーへ導く。

「こちらでヘアメイクをお直しいたします」

「でも、料金がかかりますよね？」

着物一式をレンタルした上に、ヘアメイクまで頼んだら、かなり高額になってしまうのではないか。財布のことが気になった美穂が心配すると、スタッフは如才なく微笑んだ。

「ご心配ございません。すべて承っておりますので」

「……そうですか」

おそらく先ほどの男性がオーダーしてくれたのだろう。

彼が何者か知らないけれど、料金がかかるという理由で断るのは彼の顔を潰すことになるので失礼だ。手持ちのお金では足りないだろうから、のちほど支払わなければならない。

そう考えた美穂がドレッサーの前に座ると、ヘアメイクのためのスタッフが髪を結い直した。ほつれていた髪はプロの手により、ふんわりと綺麗にまとまった形になる。さらにメイクも直してもらった。ピンクチークを足して、明るい色のリップを塗る。

支度が整ったので、ほっとして席を立った。

スタッフに導かれてドレスルームを出る。ソファに座っていた男性は「お支度が整いました」というスタッフの声に、こちらを見た。

その瞬間、彼は軽く目を瞠る。

席を立ち上がると、驚きの表情を浮かべたまま数歩近づいてきた。

どこかおかしかっただろうか。

「あの……なにか変ですか？」

美穂がそう問いかけると、はっとした男性は目を伏せる。

「不躾に見てしまってすまない。あまりにも美しかったもので、つい」

美しいなんて褒められたのは生まれて初めてで、顔が熱くなる。

だけど、それは着物のことだろう。

それでも嬉しかった。人に褒められるのは、こんなにも心が温かくなるものなのだ。

どうしたらよいのかわからず、恥ずかしくなった美穂は彼から目を逸《そ》らす。

「とても美しい着物ですよね。着替えさせていただいて、助かりました」

「いや、着物が美しいというか……ともかく、支度が整ったようでよかった。ロビーまで送ろう」

彼が手を差し出して促すので、美穂は瞬きをした。

「でも、お会計がまだですけど……おいくらでしょうか」

「会計はこちらで済ませておくので心配いらない。きみが着ていた着物はクリーニングに出すよう手配しておくから、のちほど取りに来るといい」

「ですが、そこまでしていただくわけにはいきません」

まったく見ず知らずの人に、すべて支払ってもらうわけにはいかない。

それに美穂は彼の名前すら知らないのだ。相手が何者か知らないと、あとで礼をすることもできない。

すると、彼は軽くてのひらを上げる。その仕草は洗練されていた。

「カフスボタンを拾ってもらった礼だ。それに、俺はきみよりずっと年上だ。若い女性に払わせるのはポリシーに反するので、財布を出さないでほしい」

「……わかりました」

そこまで言われては、無理に払うわけにもいかない。

納得した美穂は頷いた。ここは彼の顔を立てるためにも、費用を出してもらうことにしよう。名前を聞かなければいいのだけれど、彼は名乗るのを避けているような気がする。もし著名な人だとしたら、正体を知られるのは嫌かもしれない。

微笑を浮かべた男性とともに、ウェディングサロンを出る。

すると、息せき切った老齢の紳士が廊下を走ってきた。

男性を見つけた紳士は、慌てたように声をかける。

「こんなところにいらしたんですか。もう時間ですよ」

「ああ、すまない。すぐに行こう」

男性の連れのようだ。スーツ姿でホテルを訪れたからには、彼も会食などの用事があるに違いない。それなのに付き合わせてしまい、申し訳なかった。

「私はひとりでロビーに戻れますから。ありがとうございました」

丁寧に頭を下げた美穂を、彼は瞬きもせず見ていた。それはわずかな時間だったので、美穂は違和感を覚えなかった。

「きみの名を……いや、なんでもない。――それでは」

迎えに来た紳士とともに、彼は廊下の向こうに去っていく。

彼は美穂の名前を知ろうとしたのだろうか。

やはりこちらからも別れ際に聞いておくべきだったのかもしれないが、機会を逸してしまった。

もう、あの人には会えないのね……。

そう思うと、胸に寂寥《せきりょう》感が込み上げる。

ほんの少し話しただけの男性に、なぜそんな気持ちになるのか、戸惑いが湧く。

こんな想《おも》いを抱いたことはなかった。交際経験がないゆえに、男性から親切にされたことなんてないので、余計に名残惜しさがあるのかもしれない。

でも、美穂に親切にしてくれた特別な人に、遠い昔もひとり出会ったのだ。

もう記憶はおぼろだが、彼はあの人に似ている気がする。

思い出しかけたその輪郭を振り切るように踵《きびす》を返した。

これからお見合いなのだから、ほかの男性に気を取られてはいけない。

美穂はひとりでエレベーターに乗り込み、ロビーへ戻る。

賑《にぎ》やかなロビーの一角に辿り着くと、父が待っていた。

「美穂、どこへ行っていたんだ」

「ごめんなさい。ある人に着物を貸してもらえたの。ホテルのドレスルームで着替えてきたから」

男性の名前すら知らないので、そう説明するしかなかった。

父はそのことを追及せず、美穂を急《せ》かすようにエレベーターに向かう。

「仲人役の知人とは連絡が取れたから、早く行こう。遅刻したら山城さんの機嫌を損ねてしまう」

「ええ」

美穂は返事をすると、父とともに再びエレベーターに乗り込んだ。

いよいよかと思うと緊張して、肩に力が入ってしまう。

着物を借りられるよう手配してくれた男性のためにも、絶対にお見合いを成功させなくてはならない。

噂どおり、山城さんは恐い人なのかしら……。

とりあえずは綺麗な振袖を着ることができたので、不作法だと怒鳴られることはないと思うが、心配の種は尽きなかった。

嫌なふうに鼓動が鳴り響くのを感じつつ、到着したフロアでエレベーターを降りる。

そこは会議などで使用するプライベートルームがあるエリアだった。

静謐《せいひつ》な廊下を父のあとについて進んでいく。

父は小声で美穂に言った。

「会社や資金などの余計なことは言うんじゃないぞ。山城さんはとても気難しい方だ。今までにも見合いした経験があるだろうが、どんな令嬢でも妻になれなかったのだから、相当なこだわりがあるのだろう。美穂の趣味は琴にしているから、深窓の令嬢という雰囲気を作るんだ。決して家政婦みたいに家事を全部しているなんて言うなよ」

今になってそんなことを言い始める父に唖然とする。事前に美穂が聞いたときは、忙しいと言って話をしてくれなかったというのに。

母が生きていた幼少の頃はピアノを習っていたことがあるが、琴なんて弾けない。小久保家の事情をつまびらかに話す必要はないと思っているけれど、どうして嘘をつかなければならないのか。

「お父さん、私は琴なんて習ったことないのよ。趣味はピアノと言えばよかったんじゃない？」

「ピアノなんて、どの令嬢でも弾けるから珍しくない。琴にすれば格が高いと思われる。それに、そこらに琴はないから、すぐに弾いてみてくれとは言われないだろう」

「そうかもしれないけど……」

もう相手に伝えているのなら、今さら撤回するわけにもいかない。

この場はどうにか話を合わせるしかないだろう。

だけど気難しい人ならなおさら、嘘をついていたことを知られたら、許さなそうである。しかも冷酷という噂があるので、なんと批評されるのか恐れが湧いた。

戸惑っているうちに、父はとある部屋の前で足を止める。

音もなくドアを開けた父が室内に目を向けると、美穂が見たことのないようなにこやかな挨拶をする。

「お待たせして申し訳ございません。小久保重勝と、娘の美穂です」

どきどきと高鳴る胸を、美穂はてのひらで押さえる。

父の後ろにいるので、部屋の様子はまだ見えていない。

「やあ、小久保さん。お待ちしておりましたよ。さあ、どうぞ」

老齢の男性の声が聞こえた。

お爺《じい》さんといったくらいの嗄《しゃが》れた声なので、おそらく仲介した父の知人ではないだろうか。どこかで聞いた声だが、気のせいかもしれない。

父のあとに続き、一礼した美穂は室内に足を踏み入れる。

テーブルに男性がふたり着いているのが見えたが、失礼のないよう視線を下げていた。

相手を直視しないようにし、席に座る。

はっと息を呑む気配が向かいから届いて、ふと顔を上げる。

「えっ……」

美穂は思わず小さな声を上げた。

老齢の紳士の隣に座っている男性の顔を見て、瞠目《どうもく》する。

意志の強そうなまっすぐの眉に、切れ上がった眦。端整な美貌と体躯のよさを兼ね備えた男性は、紺色の三つ揃えのスーツを身にまとっている。彼の胸元からは、薄紅色のポケットチーフが覗いていた。

見間違えようがない。

彼は、ついさっき美穂に新しい振袖を用意してくれて、ウェディングサロンの前で別れた男性だった。

彼も驚いた顔をしたと思ったのだが、すぐに目を伏せる。

この場で先ほどの話をするのはよくないだろう。声をかけそうになった美穂は口を噤《つぐ》む。

老齢の紳士と父はふたりで時候の挨拶を交わしている。

互いの素性はわかっているわけなので、仲人が紹介したりはしないようだ。

彼こそが、山城晴政だったなんて。

なんという奇遇だろう。

お互いに名乗らなかったし、『山城』という苗字《みょうじ》を耳にしなかったので、そうとはわからずにいた。

四十一歳と聞いていたが、とてもそんなに年上には見えない。年齢の批評をするのは失礼かもしれないが、彼は端麗な容姿のためか若々しい魅力に溢れていた。

だが、先ほどは穏やかな紳士だったはずの彼は、まるで別人のように冷たい表情をしている。

あら……さっきは優しかったのに……どうしたのかしら？

内心で美穂は戸惑う。山城も美穂に気づいたと思ったのだが、そうではないのだろうか。

老齢の紳士と父は少しの間だけ世間話をすると、つと腰を上げる。

「では、あとは若い人たちに任せるとしますか」

「ええ、そうですね」

決まり文句らしい言葉を残し、ふたりは部屋を出ていった。

室内には、ふたりきりになる。

対面するとなにを話したらよいのかわからず、沈黙が流れる。

すると、不意に山城が口を開いた。

その声は先ほどとは別人のように尖っている。

「小久保氏は大変不躾な人物だ。彼は資金援助について、一方的な話をしてきたのだが、あなたはそれをご存じだろうか」

はっとした美穂は息を呑む。

父と山城は見合いに先立ち、資金援助についてすでに相談している。だけど美穂は詳しい話はなにも聞いていなかった。おそらく援助してもらうことに必死な父は礼儀を欠いていたのだろう。

「申し訳ありません。詳しいことは知りませんが、父に代わって非礼をお詫《わ》びします」

美穂が頭を下げると、嘆息がこぼれた気配がした。

この雰囲気では、山城はすぐにでも席を立ってしまいそうだ。

やはり、断られるのだろうか――。

不安になった美穂が頭を上げられないでいると、低い声がかけられる。

「頭を上げてくれたまえ」

「……はい」

「カフスボタンを拾ってくれた女性が、俺の見合い相手だったとは知らなかった。それについては失礼した」

「とんでもありません。こちらこそ失礼いたしました」

深い色を湛《たた》えた双眸《そうぼう》が、まっすぐにこちらに向けられている。

臆しそうになるけれど、吸い込まれそうなほど綺麗な瞳だった。

「では、あらためて、きみに名乗ってもよろしいだろうか？」

「はい……お願いします」

答えた美穂は、彼の曇りのない眼差しをまっすぐに受け止める。

「山城晴政です」

「……小久保美穂です」

美穂の心が安堵に包まれる。

彼の名前を、知ることができたから。

噂では冷酷らしいけれど、本当に冷たい人だったら着物を替えようと提案しないのではないか。カフスボタンを受け取っただけで去っているはずだ。

もしかしたら優しい人かもしれないと期待する気持ちが生まれる。

けれど父の印象が悪いせいもあり、山城が見合いに来たのは義理らしいと薄々感じる。

とにかくもう一度お礼を言わなくてはと焦り、美穂は頭を下げる。

「あの……本当にありがとうございました。新しい着物に着替えさせてもらって、なんとお礼を言ったらいいか……」

「気にしなくていい。先ほどは、もしかしたらきみはこれから見合いなのだろうかと思って名前を聞けなかった。だけどまさか、俺の見合い相手だとは思わなかったよ。あなたの写真は見せてもらっていなかったので」

「そうですね……。私もびっくりしました」

山城は親切にしてくれたわけだが、一方で美穂が初めに惨めな格好をしていたのを見ていたことにもなる。

コーヒーをこぼしたというのは嘘だと、彼はわかっているだろう。振袖が汚れた理由をあらためて聞かれたら、とても困る。家庭がうまくいっていないと知って、よい気持ちになる人はいない。そんな家の人とは結婚できないと断られる可能性もある。

失敗してはいけないというプレッシャーもあり、どのような話をすればよいのか美穂は思いつかなかった。

しばらく沈黙が続いた。

山城は、つと話し始める。

「ご存じかもしれないが、このホテルは山城グループの傘下なので、ウェディングサロンにもよく出入りしている。だがもちろん、美穂さんに着替えを提案したのは仕事のためではない」

「そうですか」

ホテルは山城グループの系列だと父から聞いている。

だから彼はウェディングサロンにも顔が利いたのだろう。

素直に頷くと、山城は瞬きをした。

なにか質問するべきなのかもしれないが、特に疑問はなかった。

小さく咳《せき》払いをした山城は、「そういえば」と話題を変える。

「美穂さんの趣味は琴だと聞いているが、小さい頃から習っているのだろうか」

「あっ……ええと……」

直前に父から言われた設定を思い出す。

ピアノはありふれているので、琴を嗜《たしな》んでいるということにされているのだ。

本当のことを言ったら、見合い相手失格の烙印を押されてしまうかもしれない。

山城は優しい面もあるのだろうけれど、お見合いを断り続けてきた経緯があるようだから、結婚相手へのこだわりが強いのは事実だろう。

うろうろと視線をさまよわせた美穂は、迷った末に小さく答える。

「……そうです」

それきり、うつむいてしまう。

嘘を重ねる心苦しさで、胸が押し潰されそうだった。

会話が終わってしまい、室内には沈黙が横たわる。

なにか言わなくてはと思うが、喉が痞《つか》えたように言葉が出てこない。

すると、山城が静かに席を立った。

はっとした美穂は肩を揺らす。

呆れられてしまっただろうか。

こんな私とお見合いしても、つまらないよね……。

だけど必ず成功させるようにと、父から言われている。

どうしよう。引き留めるべきだろうか。

迷っていると、山城は美穂の傍にやってきた。

「庭園を散歩しようか。もし、きみの気分が悪くなるようだったら、すぐに部屋へ戻ろう」

そう言って、すっと大きなてのひらを差し出す。

彼は散歩をしようと誘うために席を立ったのだ。

呆れられたのではないとわかり、美穂の胸は少しだけ軽くなる。

「はい。ぜひ」

気分転換できるのは、ありがたかった。

美穂としても、どうしたらよいのかわからなくなっていたから。

椅子から立ち上がると、山城は困ったような顔をして手を下ろした。

そのときになって、彼はエスコートするために手を差し出したのだと気づく。

誰かに大切にされた経験が乏しい美穂は、もちろん男性からエスコートされたことなんてない。

拒絶した形になってしまっただろうかと心配になったが、山城はその手を美穂の腰に添えるようにして促す。

しかも腰には直接触れていない。とても紳士的なエスコートだった。

部屋を出たふたりはエレベーターに乗り、一階で降りる。正面玄関とは反対側にある出入り口から庭園へ向かった。

山城は先に行くようなことはなく、美穂に歩調を合わせてくれた。着物なので速く歩けないため、とても助かった。

敷地内に広がる庭園は新緑に包まれている。

綺麗に手入れされた木々が道沿いに並び立ち、眩い陽の光が降り注ぐ。

詰めていた息を解放できるみたいな心地よさがあり、美穂は深呼吸した。

ほっと肩の力を抜いた美穂に、隣を歩く山城が声をかける。

「美穂さんは、よく散歩するのか？」

「ええと……しませんね」

「……そうか」

どうにもぎこちない。

普段から散歩して気晴らしができたらよいのだが、仕事や家事が忙しいのでそういった時間が取れなかった。

「山城さんは、よく散歩されるんですか？」

美穂は初めて彼に質問した。

そして初めて彼の名前を呼んだ。

何気ない問いで、しかも自分が聞かれたことをそのまま返しただけではあったが、山城が普段どうしているのか気になったからだ。

だが彼は少々考え込んでいる。

「……俺も、しないな。ジムにはよく行くんだが、散歩をする習慣がない。もちろん、嫌いなわけではないが」

「そうなんですね。私も習慣がないだけで、散歩が好きだったと、今気づきました」

「ほう。それならよかった」

山城は、さもよいことを聞いたかのように、薄い笑みを見せる。

美穂としては自分の気持ちを表明する機会がないので、精一杯の勇気を持って言ったのだが、内容としてはごくふつうのことだろう。

だけど彼は馬鹿にすることもなく、自然に受け止めてくれた。

それだけで美穂の心は、凍《い》てついた部屋に暖炉を灯《とも》したかのごとく温まる。

静謐な散歩道をゆっくりとふたりは歩いた。

話は弾まないものの、山城と一緒にいるのは気持ちが落ち着く。

庭園の中央には池があり、錦鯉《にしきごい》が華麗に身を翻していた。

「わあ……綺麗な鯉ですね」

「橋を渡ってみようか。あそこからなら、よく見えるだろう」

池を跨《また》いで石橋が架けられている。ふたりはそちらへ向かった。

美穂はゆるりと池の鯉を眺めながら、山城とともに橋を渡る。

だが、足元をよく見ていなかったためか、草履が引っかかった。

「きゃ……！」

均衡を崩して転びかけたが、素早く手を出した山城に支えられる。

「おっと、危ない」

「す、すみませんでした」

彼の腕にしがみついてしまい、慌てて離れる。

どきどきと胸が高鳴っているのは、転びそうになったからだろうか。

なぜか顔が熱くなってしまい、山城が見られない。

「小久保……ああそうか。もしかして、きみはあのときの……」

「えっ？」

「いや、なんでもない」

あのときとは、どういうことだろう。カフスを拾い、着物を手配してもらったときのことは、もう答え合わせが済んでいるわけなので混乱する。それ以外の機会で、美穂が山城のようなセレブと知り合いになれるわけがなかった。

首を傾《かし》げつつ乱れた着物の裾を整えていると、すっと大きなてのひらが差し出された。

「手を預けたまえ」

「……は、はい」

言われるまま、美穂は自らの手を、そっと山城のてのひらにのせる。

大きなてのひらは肉厚で、とても熱くて、頼もしかった。

あかぎれだらけの美穂の荒れた手が、そっと包み込まれる。

部屋では拒絶したような形になったのに、再び手を差し出してくれたのは、エスコートを申し出たというより、美穂が危なっかしいからだろう。

手をつないだふたりは石橋の中程で止まる。

朱の欄干から覗いた池には、優雅に泳ぐ錦鯉が波紋を描いていた。

しばらく眺めていると、つと山城が口を開く。

「実は、見合いは断ろうかと考えていた」

「……えっ」

驚いて彼の顔を見る。山城は、じっと池に視線を注いでいた。

薄々そうではないかと思ってはいたものの、面と向かって言われると衝撃が大きかった。

彼は淡々と言葉を継ぐ。

「先ほど一緒にいた男性には仕事で世話になっているんだが、彼が小久保氏に娘がいるのを聞いて、俺の嫁にもらえないかと提案して見合いを組んでしまった。今回の見合い話は彼の顔を立てるために受けたんだ」

「……そうでしたか」

山城としては気が進まなかったようだ。

彼の言い方から察するに、結婚に前向きではないのかもしれない。しかも父から無礼な援助の申し込みをされたら、よい気持ちはしないだろう。美穂のことも、父親に似て礼儀に欠けた娘と思われていたのではないか。

考えてみれば、御曹司という身分で気遣いができて、こんなに素敵な人なら数多《あまた》の縁談が持ち込まれるに違いない。それに今まで独身だったからには、なんらかの事情があって然《しか》るべきだ。

それなのに資金援助をしてまで結婚するなんて、彼にはまったくメリットがない。

「知人から資金援助を持ちかけられることはよくあるんだが、まるで交換条件のような形で結婚するのはどうかと思った。きみにまったく非はないのだが、会わずに断るわけにもいかないので、断ることを前提に見合いに臨んだ」

もはや断りの理由を述べられているようで、美穂は落ち込んだ。

資金援助が絶たれたからではない。

断られたら、もう二度と彼に会えないからだった。

山城さんと、もっと一緒にいたかった……。

そんなふうに思うのは初めてだった。

振袖を着替えたあと、彼にもう会えないと思ったら、とても名残惜しかった。

あのときから、美穂は彼のことが気になっていたのだ。

彼の甘さを含んだ低い声を、もっと聞いていたい。

声に惹《ひ》かれているだけではない。彼から滲み出る落ち着いた雰囲気に触れていると、心の深いところが和む。

その凪《な》いだ心が、もっと彼のことを知りたいと望むのだ。

美穂は、山城を好きになりかけているのかもしれない。

そんな自分に戸惑うけれど、この想いは閉ざされることになる。

悲しくなってしまい、眦から涙がこぼれ落ちる。

彼から見えないように顔を背けた美穂は、指先でそっと雫《しずく》を拭った。

だが言葉を切った山城が、気遣わしげに声をかける。

「どうかしたか?」

「なんでもありません。目にごみが入ったので」

気持ちを落ち着かせようと深呼吸を繰り返す。

その間、山城は黙っていた。

彼はつながれた手をほどこうとはしなかった。

ほどよい力で、美穂の手を握りしめている。

やがて昂《たかぶ》っていた心が凪ぐ。

美穂は努めて微笑を浮かべ、山城の顔を見た。

断られるのがわかっていて、彼を見るのもつらいが、山城の姿を目に焼きつけておきたいと思ったから。

「もう大丈夫です」

「……そうか。着物で外を歩くのも疲れるだろうから、そろそろ戻ろうか」

「はい」

彼の話を中断してしまった。お見合いを断る場合は、本人には直接言わず、仲人を介して伝えると聞いたことがあるので、結論はのちほど聞かされるのかもしれない。

池を離れ、ロビーに向かって庭園を歩いていく。

ふたりの手はつながれたままだった。

山城の手はとても熱くて、心まで包み込むような安心感がある。

でも、もう離さないといけない。

庭園はひと気がなかったが、ロビーに近づくと賑わいがよみがえる。

そろそろふたりきりの時間は終わりのようだ。

美穂は彼に隠していることが、ふたつある。

山城は着物が汚れていた理由については触れなかったが、琴が趣味ということには興味を持っていた。

これで断られるにしろ、替えの着物を用意してもらった恩があるので、こちらも誠実に彼と向き合わなければならないのではないか。

そう考えた美穂は口を開いた。

「あの……山城さんにお伝えしておかないといけないことがあるんですが……」

「なんだろうか」

山城は表情を引きしめる。

そんな彼の顔は険しく、恐そうな人に見えた。

嘘をついていたとわかったら、確実に見合いを断られてしまうだろう。

嫌われたくない。だけど、嘘をついたままなのはどうなのか。

狭間で揺れ動いた美穂は、小さな声で答える。

「……あの、本当は、得意なのはピアノなんです」

それを聞いた彼は、意外なことを聞いたかのように瞬きをひとつした。

「そうか。特技があるというのは素晴らしいことだ。身上書があったわけでなく、口頭で聞いたものだから、誤解があったのかもしれないな」

「それが……父が勝手に山城さんに伝えてしまったみたいなんです」

「なるほど。俺は気にしないよ」

山城は怒らないし不機嫌にならなかった。それどころか彼は誤解ということで収めようとしたり、軽く笑って流してくれた。

旧財閥の格の高い家柄なのだから、妻になる女性には、お茶やお花など一流の腕前を求めるかと思われるが、山城はそういった基準を設けていないようだ。

ということは人柄を重視するということなのか。

恐そうに見えるけれど、やっぱり優しい人なのかも……。

ほっとした美穂は両手を胸に当てる。

そのとき、いつの間にかつないでいた手がほどかれているのに気づいた。話に夢中になったため、美穂のほうから離したのだ。

それをなぜか寂しいと思ってしまう。

山城は穏やかな笑みを浮かべながら言った。

「安心した。どんな大ごとかと思って身がまえたよ」

「あの……もうひとつあるんですが……」

「まだあるのか？」

途端に驚いた顔をした彼は、美穂の背に軽く手を添えて促す。

「きみをずっと立たせておくわけにはいかないから、ひとまず座って話をしよう。その話の内容は個室でなくても、できるものか？」

「はい。できます」

「では、ロビーラウンジに行こう」

屋内に入り、瀟洒なラウンジの一角に導かれる。プライベートルームに戻らないのは、父たちがいたら困るという気遣いだろう。

ふたりは窓際の席に座った。近くに座っている人はいないので、話が漏れる心配はない。

やってきたウェイターに「コーヒーを……」と言いかけた山城だったが、美穂をうかがう。

「美穂さんの飲みたいものを選んでくれ」

ウェイターからメニューを渡されたので、目を通す。

アメリカンコーヒーでも、美穂の感覚からすると、とてつもない高額だった。

飲みたいものを選べと言われたので、美穂は気になったものを伝える。

「では……ローズヒップティーを頼んでもよろしいでしょうか？」

「うむ。――それを、ふたつ」

注文を済ませ、メニューを下げたウェイターが去ると、山城はなぜか声をひそめた。

「ローズヒップティーというのは、薔薇の紅茶なのか？　初めて飲むのでよくわからないのだが」

「ハーブティーですね。薔薇のフレーバーで、美肌効果があるんです」

彼はついでに美穂と同じものを注文したようだ。男性ならハーブティーに興味がない人も多いのだろう。

山城はすぐに美穂の隠し事を探ろうとはせず、雑談を続ける。

「ほう……。美穂さんは、薔薇が好きなのか？」

「好きです。でも、家にはないので、いつか植えてみたいと思っています」

家の庭は殺風景で、庭木すらない。庭を整える余裕が金銭的にないからだ。だけど雑草は生えてくるので、美穂はまめに手入れをしている。

ここに薔薇などの素敵な花を植えられたらいいな……というのは、常々思っていた。ただの願望だし、家の環境を考えたら園芸なんてできないのはわかっているけれど。

「そうか。俺の家にも薔薇はないんだ。花の名前すらよくわからないので、庭師に注文したことがない。……オリーブはあるかな」

「オリーブの木ですね。とても素敵ですね」

山城が自分のことを話してくれるのが嬉しかった。庭園に出たときよりも、ふたりのぎこちなさが薄れたような気がする。

そのとき、ウェイターが白磁のティーカップをふたつ持ってきた。

鮮やかな色のハーブティーからは、爽やかな芳香が漂う。薔薇の花びらが一片、ふわりと浮かんでいた。

カップを手にした山城は、ひとくち飲んだ。

彼は真顔で批評を口にする。

「ふむ。かなり酸味がある。だが薔薇の香りが芳しい」

真剣に吟味している彼がなんだか可愛らしく見えてしまい、美穂はくすりと微笑む。

お金持ちの御曹司といえば、気位が高くて偉ぶっているイメージがあるが、彼はそんなことはなかった。ハーブティーのことを知らなかったり、興味がなさそうなのに庭木のことに触れてくれたりと、木訥《ぼくとつ》な人柄がうかがえる。

美穂の顔を見やった山城は、フッと笑った。

「やっと、笑ってくれたな」

「え……」

「ずっと緊張しているようだったから、心配だった。初めにカフスボタンを差し出したときのきみは、泣きそうな顔をしていたよ」

そういえば、お見合いの緊張からか、ずっと顔が強張っていた。汚れた着物でホテルへ着いたばかりのときは、ひどく落ち込んでいたのを思い出す。

気分を持ち直すことができたのは、山城のおかげだった。

振袖を着替えさせてくれたことから始まり、散歩して、訥々と話しているだけで、心が落ち着くのだ。こんな気持ちになったのは初めてのことだった。

「山城さんのおかげです」

「気持ちがほぐれたのなら、よかった」

彼は雑談を交えながら、もうひとつの隠し事を美穂が自ら話すのを待っているのだと感じた。

だけどやはり、着物を汚した原因を話すのはよくないと思い直す。

自分から話したら同情してほしいと願っているみたいだし、嘘をついているのが心苦しいのは、美穂の都合だからだ。

そう思った美穂は、彼の双眸を見る。

「もうひとつ、山城さんにお伝えしたいことがあったという話なんですけど……」

「うん」

「やっぱり、忘れてください。琴のことに比べたら、たいしたことではないので」

山城は黙したまま、じっと美穂を見つめていた。

彼は音もなくカップをソーサーに戻す。

「では、俺から聞きたいことがあるのだが、質問してもいいだろうか」

「はい。お答えします」

美穂が頷くと、山城はさらりと言った。

「初めに着ていた振袖が汚れていたのは、コーヒーをこぼしたと美穂さんは言っていたが、あれはコーヒーの染みではなく、墨汁のように見えた。なにかあったのだろうか？」

やはり、彼は気になっていたのだ。それとも、美穂が言い淀《よど》んだのが不自然に映ったのだろうか。

まさに自分が呑み込んだことを指摘され、もう隠しきれないと悟った美穂は、正直に打ち明ける。

「あれは……妹に墨汁のようなものをかけられて、替えの着物が用意できなくて、家からそのまま着てきたんです」

情けなくなり、美穂は視線をカップに落とす。

ローズピンクの液体には薔薇の花弁が静かに浮かんでいる。

双眸を細めた山城は、どこかつらそうな顔をした。

「よく正直に話してくれた」

「すみません。私の家は複雑な事情があるので……」

「家族構成は聞いている。俺はきみが、わがままで浪費家の令嬢かと思い込んでいたのだが、それは勘違いだった」

「え……浪費家なんてことはありません」

浪費家なのは妹のほうである。少なくとも美穂にそういった性質はないのだけれど、間違って伝わったのかもしれない。それとも父を見た山城が、娘も身勝手なタイプと思ったのだろうか。

「きみは家族思いで心優しい人だ。だがそれゆえに、心が痛むことも多いのではないかと心配になる」

家庭がうまくいっていないのを山城には見透かされたかもしれない。というより、父が資金援助を頼んでいる時点で、山城家に釣り合うような資産家ではないと察しているだろう。

「私のことはいいんです。ただ、山城さんにもう会えないとしても、誠実に向き合うべきだと思ったんです」

「うん？　もう会えない……ということは、美穂さんは見合いを断るつもりでいるのか？」

「いいえ。山城さんに気に入られるようにと父から言われていますので、私からは断りません。でも山城さんは、断る前提でお見合いにいらしたんですよね？」

見合いの是非についてここで話すのはマナー違反かもしれないが、彼は強い眼差しで美穂の答えを待ち受けているので、率直に言った。

「さっき、そういう話をしたね。確かに、見合いをするまではそのつもりだった。だが、きみに会って考えが変わった」

「えっ……？」

驚いた美穂が目を瞬かせていると、山城は真摯な双眸で言う。

「俺は、美穂さんにまた会いたい。ぜひ前向きに考えたいと、小久保氏にも話しておこう。薔薇が好きなら、今度は薔薇園での散歩に誘ってもいいだろうか」

「……はい」

思わず頷いてから、彼の言葉の意味を反芻《はんすう》して驚いてしまう。

てっきり断られるものと思っていたのに。

だけど、山城の真剣な想いが伝わり、じんわりと胸が熱くなる。

もしかしたら美穂の境遇を察してくれたのかもしれない。同情でもよかった。これきりではなく、彼にまた会えるのだから。

「楽しみにしています……」

それだけを言うのが精一杯だったけれど、美穂は花が綻ぶような笑みを浮かべる。

山城は愛《いと》しいものを見るように目を細めると、目尻に優しげな皺《しわ》を刻んだ。

お見合いを終えた美穂は、しばらく夢心地でいた。

山城と過ごした時間はわずかなものだったが、とても充実していた。彼は美穂を気遣ってくれたし、丁寧に話を聞いてもくれた。それは人間関係において当たり前のことなのかもしれないけれど、普段の美穂の私生活ではそのような人は周りにいなかった。

翌日、父を通して見合いの返事がきた。

山城の話したとおり、結婚に向けて前向きに考えたいということだった。父からは無論、承諾の返事をしている。

見合いが成功したことを父は喜んでいたので、美穂も一安心した。

美穂としても、家のために仕方なくという気持ちではなく、山城の人柄に惹かれる部分があった。

ただ、山城は見合いそのものに乗り気ではなかったと聞いたから、その点が心配ではある。それに、彼は紳士的で優しいけれど、実際恐そうな雰囲気も漂っていた。

お見合いから一週間後、母の着物を受け取るため、再びホテルへやってきた美穂は独りごちる。

「山城さんと結婚……でも、十七歳の年の差があるのよね……」

まだ結婚すると決まったわけではないが、年の差をどう乗り越えたらよいのか見当もつかなかった。

いるはずがないのに、ロビーでそれとなく辺りを見回し、山城の姿を捜していた。そんな自分に気づき、微苦笑を浮かべる。

ウェディングサロンで受け取った朱の着物はクリーニングされていた。あんなに真っ黒な染みがあったのに、まるで初めからなかったかのようだ。

一週間でこんなに綺麗にできるなんて思わなかった。母の形見として、これからも大切にしていこう。

ほっとした美穂は財布を取り出す。

「おいくらですか？」

「クリーニングの料金はすでにお支払いが済んでおります」

受付のスタッフに丁寧にそう言われて、はっとなる。

山城は替えの振袖だけでなく、汚れた着物のクリーニング料まで支払ってくれたのだ。

そういえば、あのときにそのようなことを言っていた気がする。彼はカフスボタンを拾ってくれた礼だと話していた。ダイヤモンドらしき宝石がついていたが、もし本物だとしたら、とても高価な代物だろう。それに引き替えたら安いものということかもしれない。

だけど支払ってくれたのは彼の厚意にほかならない。美穂は心の中で山城に感謝し、着物を受け取った。

歩いて駅まで戻り、電車で帰宅する。形見の着物が入っている包みは大切に抱えた。

「次は、いつ会えるのかな……」

夕暮れに染まる街並みを、電車の窓からぼんやり眺めながら、小さくつぶやく。

山城は薔薇園に誘ってくれたものの、見合いの日から連絡はなかった。とはいえ、まだあれから一週間しか経っていないのであるが。

近頃の父は上機嫌なので、おそらく資金援助の話は順調なのだと思える。そちらの件がまとまってからになるだろう。

資金の当てができたせいか、継母と妹の興味は新しい家政婦を雇うことや、旅行の計画に向いている。美穂への意識が削がれているので、あからさまにいじめられることはなくなった。

すべてが順調にいけばいいと美穂は願った。

家に辿り着くと、ちょうど電話の呼び出し音が鳴る。

玄関先にいた美穂は受話器を取った。

「はい、小久保です」

『山城晴政と申します。美穂さんはいらっしゃいますか』

低いのに、まろやかさを含んだ声音が鼓膜に吹き込まれる。

その瞬間、美穂の胸が、とくんと甘く鳴る。

「は、はい。私です。美穂です」

山城が連絡をくれた。

美穂もスマホは持っているのだが、見合いでは直接連絡先を訊《たず》ねてやり取りするのはマナー違反なので、交換などはしていない。そのため彼は家にかけてきたのだ。

彼の声を聞いただけで心が弾む。

その一方で、どんな内容だろうと思い、緊張もした。

見合いが進んでも、結婚に至らず破談するという結末もありえるのだ。

受話器の向こうで、呼気を吸い込むかすかな音が届く。

『こんにちは、美穂さん。来週の日曜に、約束した薔薇園に誘いたい。ご都合はどうだろうか』

「あ、あの……都合は……いいです」

電話のせいか緊張してしまい、辿々しくなる。山城の話し方もまるでビジネスのように格式張っていた。

といっても、一度しか会っていないわけなので、打ち解けた仲でもないわけだが。

『では、日曜の午前九時に車で迎えに行く』

「……はい。わかりました」

仕事の用件みたいに簡素だ。

沈黙になったので、話が終わったと思った美穂は耳から受話器を離そうとした。

そのとき、山城がひとこと言った。

『承諾してくれて、ありがとう』

「え……」

見合いを進めたことだろうか。

それならば、美穂はもとから断れる立場にないので当然のことだ。

話そうと口を開いたとき、『――社長、急ぎの件で……』という男性の声が受話器の向こうから聞こえた。

『すまない。仕事中なもので。では、また今度』

「はい。お仕事、頑張ってください」

美穂は静かに受話器を置いた。

仕事の合間を縫って、電話をかけてくれたようだ。山城グループの社長となれば、想像以上に多忙だろう。

白い受話器を見つめて思いを馳《は》せていると、つと人の気配を感じて顔を上げる。

ねっとりとした笑みを浮かべた杏が、こちらを見ていた。

「山城さんから電話がきたんでしょ？　いつ結婚するの？」

「それは、まだ、わからないけど……」

「せいぜい年寄りの機嫌を取ってちょうだいね。そうでないと、お金が入らないんだから」

楽しげに忠告した杏は身を翻す。

妹としては、美穂が不幸な結婚をして、さらに小久保家にお金が入るので、いいことずくめなのだろう。

山城は年寄りというような印象ではないが、杏にとって四十一歳の男性はそういった部類の認識らしいので、あえて訂正はしなかった。

美穂は妹の後ろ姿を見送ると、夕食の支度をするため、キッチンへ向かった。

約束した日曜は、五月らしい爽やかな晴れ間が広がっていた。

朝の家事を済ませた美穂は、山城が迎えに来る予定の午前九時前にはリビングのソファに座り、彼の訪問を待っていた。

向かいの席では父が新聞を広げている。

すでに山城と出かけることは言ってあるので、交際が順調だと知った父の顔には安堵が滲んでいた。亜矢乃と杏はデパートに出かけたため、家の中は静かだった。

今日の美穂の服装は、花柄のワンピースにピンク色のカーディガンを羽織っている。普段はどこかに出かけるなんてことがないので、こんな洒落た格好はほとんどしない。

ワンピースは親戚の結婚式があったときに、古着で購入したものだ。カーディガンも、持っている服の中でもっとも綺麗に見えるものを選んだのだが、毛玉が目立っている。

肩下まである髪は下ろしているけれど、全体的にみすぼらしく見えないだろうか。

山城と並んだときに不釣り合いではないかということが気になった。

新聞に目を落としていた父は、つと顔を上げる。

「山城さんは美穂を気に入ったようだ。快く資金援助をしてくださるということで、話がまとまった」

「そう……。それじゃあ、お父さんの会社も大丈夫なのね」

「うむ。会社や家のことは、もう気にしなくていい。おまえは山城さんとの結婚だけを考えるんだ」

美穂は曖昧に頷く。

男性と交際したことすらないのに、どうやったら結婚へ辿り着けるのかがわからない。

だけどいわゆる政略結婚なので、父が結婚の日取りを決めるのだろうか。

山城が資金援助を承知したからには、結婚もほぼ決まっているということになる。

それを今日、山城に会ってから相談してよいものか。それとも結婚には触れず、無難な話だけに終始したほうがよいのか。

美穂が迷っていたとき、ピンポーン……と呼び鈴が鳴らされた。

山城だろうか。顔を上げた美穂はすぐに席を立ち、玄関へ向かう。

「は、はい。どちらさま？」

扉に向かって声をかけ、ドアを開く。

如才ない笑みを浮かべた山城が姿を現した。彼は逞《たくま》しい腕を上げてドアを支えてくれる。

「こんにちは。迎えに来たよ」

「山城さん……。こんにちは」

今日の彼は、白シャツにスラックスという簡素な格好だ。

髪はラフに下ろしているので、精悍《せいかん》な顔立ちに柔らかさが含まれている。

美穂の後ろにやってきた父を見た山城が、挨拶した。

「今日はお嬢さんをお預かりいたします。薔薇園を散策したあと、暗くならないうちに送り届けますので、ご安心ください」

きっちりと腰を折って挨拶する山城に、父は相好を崩す。

「娘をよろしくお願いします。――さあ、美穂。行ってきなさい」

「それじゃあ、いってきます」

父に送り出された美穂はパンプスを履いた。バッグはすでに斜めがけにしている。

門の傍には、黒塗りの高級車が停《と》まっていた。

山城は助手席のドアを開ける。

「どうぞ。乗ってくれ」

「は、はい」

まるで令嬢のような待遇に戸惑ってしまう。

一応は社長令嬢ではあるのだが、少なくとも美穂は高級車に乗ったことがないし、車のドアを開けてもらうなんていう経験もない。

ぎくしゃくしつつ、革張りのシートに座る。

ゆったりした座席は体を包み込むようだ。

ドアを閉めた山城は運転席側に回り、シートに腰を落ち着ける。

シフトレバーを入れると、車は滑るように進んだ。

路地を抜けて大通りに入り、順調に走行していく。

山城の運転は丁寧なので、安心して乗っていられた。

穏やかな街並みを車窓から眺めていると、不意に彼が言う。

「今日は晴れてよかった」

「そうですね。明け方まで雨が降っていたから心配でしたけど、綺麗に晴れましたね」

「俺は晴れ男なんだ。出かけようとすると、なぜか晴れる」

「へえ。すごいですね」

それきり、会話は終わってしまった。

名前が『晴政』だから、そういった縁があるのだろうか。

彼が晴れ男だと言ったことについて、質問などをすれば話が広がるのかもしれないが、美穂には男性との会話をどのように展開するのかが、よくわからない。

それに山城は運転中なので、前方を見据えてハンドルを操作している。あれこれと話して邪魔するのも悪いだろう。

やがて車は目的地へ到着した。

郊外に位置する薔薇園は、人々の憩いの場だ。

美穂が訪れるのは初めてだが、いつか行きたいと思っていたところなので、機会が得られて嬉しかった。

車を降りて、駐車場からエントランスに向かう。日曜なので、家族連れやカップルなど多くの人たちが薔薇園へ吸い込まれていく。

白練の雲が棚引く空の下に、華やかな薔薇が垣間《かいま》見えた。

期待に胸を弾ませた美穂は、隣を歩く山城を見上げる。

「山城さんのおかげですね。晴れ男のパワーはすごいです」

「そうかな」

山城は照れたように笑った。

無表情だと恐そうに見えるけれど、笑うと目尻に皺が刻まれて優しげに感じる。

美穂はそんな山城の笑顔を好ましく思った。

エントランスをくぐると、園内に咲き誇る華麗な薔薇に迎えられた。

ピンクに白、真紅や黄色など、様々なカラーの薔薇たちが、まるで大海の波のごとく広がっている。

絶景を目にした美穂は息を呑む。

「なんて綺麗なの……。こんなにたくさんの薔薇があるなんて、想像していませんでした」

「この園の薔薇は三百品種あるそうだ。数は五千株らしい」

「山城さんは詳しいんですね」

彼は薔薇に造詣が深いのだろうかと、美穂は目を瞬かせる。

すると山城は微苦笑を交えて咳払いをこぼした。

「実は、事前に調べたんだ。今日のデートを楽しみにしていたものだから」

デートと称されて、かぁっと美穂の顔が熱くなる。

これは、デートなのだ。

そう認識すると、嬉しさと恥ずかしさの両方が胸に迫《せ》り上がってきた。

華麗に咲いているローズピンクの薔薇を見つめながら、美穂は小さな声で返す。

「私も……楽しみにしてました」

「そうか。よかった」

山城は短い返事をした。その声に安堵が含まれているのを感じ取り、美穂の心が温まる。

何気ない会話をしているだけなのに、彼との間に流れる空気は穏やかで心地よかった。

遊歩道沿いの花壇に花開いた薔薇は、朝露を含んでいる。きっと雨の名残だろう。雫は陽射しを受けて、奇跡的な輝きを放っていた。

歩きながら薔薇を見ていたとき、不意に山城に腕を引かれる。

「おっと、危ない」

「えっ?」

はっとして振り向くと、足元に水溜まりができていた。

ほんの小さな水溜まりだが、知らずにパンプスで踏んでいたら、スカートに撥《は》ねていたかもしれない。

「あっ……ありがとうございます」

足を引いた美穂が礼を言うと、山城はフッと笑った。

「きみは危なっかしくて目が離せないな。こうしていよう」

そういった彼に、するりと手をつながれる。

ホテルの庭園でも手をつないだので、これで二度目だった。

だけど美穂が慣れるわけもなく、どきんと心臓が跳ねる。

「すみません。そそっかしくて……」

「大丈夫だ。俺が守るから心配ない」

山城の言葉が、じんわりと胸に染み込んでいく。

彼のてのひらは温かくて頼もしくて、安心して手を預けていられる。

ふたりは手をつないだまま園内を散策した。

見学している人は多いものの、薔薇園は広いので、ゆっくり見て回れる。

薔薇のアーチが描かれたトンネルをくぐり抜ける。たおやかに枝を伸ばしたツルバラは華やかなチェリーピンクで、見ていると心まで潤う。

三百品種あるだけあって、花屋でよく見かけるものから、漆黒に近い珍しい色のものまで、様々な薔薇が目を楽しませてくれた。

「美穂さんは、どの薔薇が好きなんだ？」

「そうですね……。ピンクの薔薇が可愛いですよね」

「ピンクか……。今日の服もピンクだが、この色が好きなのか？」

「あ、あの……はい」

まともなカーディガンがこれしかなかったからではあるが、そんなことは言えないので、美穂は頷く。

山城は薔薇よりも、美穂に視線を注いでいる気がする。

なんだか恥ずかしくなった美穂は、彼に質問を返した。

「山城さんは、どの薔薇がお好きですか？」

「……俺もピンクかな。大ぶりなのもいいが、アーチに咲いているツルバラが華やかだ」

「アーチはすごく素敵ですよね」

「俺もそう思う」

振り返れば、アーチは見えるのだが、山城は美穂から視線を外さない。

彼の澄み切った双眸に見つめられると、どきどきと胸が高鳴ってしまう。

頬を染める美穂を、山城は目を細めて見ていた。

園内にはカフェがあり、ふたりはそこで休憩した。

バラのソフトクリームをふたつ購入し、ベンチに並んで腰を下ろす。

ローズ色のソフトクリームをかじるように食べている山城を、美穂はそっと見やった。

「山城さんは甘いものが好きですか？」

訊ねると、すぐに山城はこちらに視線を注ぐ。

彼の眼差しに熱いものが含まれている気がして、とくんと心臓が跳ねた。

「好きなのか、よくわからないな。アイスクリームはコース料理のデザートの定番なので、よく食べる。だが仕事の会食だからか、好き嫌いなんて考えていなかった」

「お仕事で食べてるんですね。お疲れ様です」

普段は商談などの仕事の話をしながら食べているせいか、意識していないらしい。

彼の忌憚《きたん》ない意見は新鮮だった。

そうすると、先ほどピンクの薔薇が好きと答えたのは、美穂に合わせてくれたのかもしれない。

彼は自分の意見がないのではなく、多忙ゆえに好みを考える暇もなかったのだと受け取れた。

「これまでは無意識に食べていたんだが、このソフトクリームは好きになったよ。美穂さんと一緒に食べているから、美味《おい》しく感じる」

「そ、そうですか……」

好意があると直裁に言われているようで、面映《おもはゆ》くなる。

だけど、もちろん悪い気はしない。美穂だって、山城が気になっている。だから彼に、好きなものをあれこれと訊ねているのだ。

もっと、山城さんのことを知りたいな……。

そんなことを考えながら、美穂はソフトクリームを舐《な》めた。

濃厚なのに、ほんのりと薔薇の味がする。

爽やかな風を受けながら、ふたりで食べたソフトクリームは、とてつもなく美味だった。


休憩したあとは、さらに散策を続ける。広大な園内はどこもかしこも華麗な薔薇が咲き誇っているため、ゆっくり散歩するには最適だ。

美穂に歩調を合わせてくれる山城は、気遣わしげに声をかける。

「疲れないか？」

「平気です。さっき休憩したので……んっ」

そのとき、左足の踵《かかと》に鈍い痛みが走り、声を詰まらせた。先ほどから違和感を覚えていたのだが、もしかして靴ずれだろうか。

「どうした？」

「あの……いえ、なんでもないです」

初めてのデートなのに靴ずれするなんて恥ずかしい。彼に迷惑をかけてしまうので、とても言えない。

我慢していよう……。

言い淀んだ美穂は唇を引き結ぶ。

だが、山城は美穂のぎこちない歩き方に着目した。

「もしかして、靴ずれしたんじゃないか？」

「……はい」

「それはいけない。ベンチに座るんだ」

山城に腕を取られて、足を引きずりながら近くのベンチに腰を下ろす。

彼にはなんでも見透かされてしまうようだ。今までこんなふうに美穂の隠した気持ちを汲《く》んでくれる人は、亡くなった母以外にいなかった。会って間もないのに、彼はこんなにも自分を見てくれる。そのことに胸が温まった。

ところが山城は隣に座ろうとはせず、美穂の前に屈んだ。

「山城さん……？」

「失礼する」

彼は腕を伸ばすと、美穂の足首に軽く触れる。

少しだけ足を持ち上げて、パンプスを脱がせた。

なんだかとても恥ずかしくなり、かぁっと顔が熱くなる。

年上の男性に、まるで従僕のようなことをさせるなんて、いけないという背徳感が湧く。

だが彼は真剣な目をして美穂の足を見ている。

素足ではなく、シースルーの靴下を履いているため、踵の皮膚が剥けかけているのがわかった。

普段は履いていないパンプスのためか、擦れてしまったのだ。

「これは痛いだろう。靴が合っていなかったようだ」

「そうみたいです。絆創膏《ばんそうこう》を持ってますから、貼っておきます」

足に触れている彼の手の感触に、どきどきと胸が高鳴っている。

それを誤魔化そうとして、美穂は早口で言うと、バッグから小さなポーチを取り出した。

ポーチには、もしものための常備薬や絆創膏を入れてある。

とりあえず応急処置として患部に絆創膏を貼っておけば、これ以上悪化せずに済むだろう。

絆創膏を手にした美穂は左足の靴下を脱ぐ。すると、山城が手を差し出した。

「俺が貼ろう。その体勢では、やりにくいだろう」

「……では、お願いします」

思わず手渡したとき、ふたりの指先がほんの少しだけ触れた。

どきん、と美穂の心臓が大きく跳ねる。触れたところが焼けつくように熱かった。

何度か手をつないでいるのに、どうして指先が触れただけで、こんなふうに感じてしまうのだろう。

こんなことは初めてだった。

結婚しなくてはならないという重圧ゆえなのだろうか。

それとも、彼を好きになりかけているから……？

必要以上に意識してしまう。彼のような美丈夫で紳士的で、しかも資産家の御曹司と釣り合うわけがない。

なんの取り柄もないし、美しくもない凡庸な自分を、彼が結婚したいなんて望んでくれるのか。

山城が長くて節くれ立った指で、剥離紙《はくりし》を剥がしているのを見つめながら、そんなことを考える。

大きな体を屈めた彼はそっと、踵に絆創膏を貼った。

まるで美術品を修復するかのような、丁寧な手つきだった。

美穂は家族から物のように扱われているのに、山城は大切なものみたいに接してくれる。

私に、大切にされる価値があるの……？

彼の優しさが美穂の傷ついた心を、温かく包むように思えた。

剥離紙をスラックスのポケットに入れた山城は、笑みを向ける。

「これでいい。車までゆっくり歩こう」

「……はい。ありがとうございます」

靴ずれしたので、これ以上散策するのは難しいだろう。

そうすると、彼との楽しい時間もこれで終わりになる。

なぜか寂しさを覚えてしまい、美穂は目を伏せた。

そのとき不意に、山城は言った。

「ホテルの庭園で話したときのことなんだが……」

「はい」

なんだろう。

あのときは山城が見合いを断るつもりでいたという話が印象的だったが、そのことだろうか。それとも琴や着物について、なにかあるのか。

偽ったままではよくないと思った美穂は、あれから琴用の楽譜や教本をひもといていた。ただしピアノとはまったく異なるので、やはり実際に練習しないと弾けないだろうと思っている。

緊張した美穂は目を瞬かせた。

美穂の前に屈んだ体勢のまま、彼は落ち着いた口調で話を継ぐ。

「伝えなければならないことがある、と美穂さんは言ったね」

「あのときは……琴や着物のことを話しました」

「そう。詳細を聞いて、ほっとしたよ。もっと大ごとだと思っていた」

そういえば、打ち明ける直前の山城はとても緊張した顔つきだったのを思い出す。

美穂としては彼に嘘をついているのが大ごとだったという認識だが、山城はさほどの衝撃でもなかったようだ。

「もっというと、たとえばどんなことですか？」

「たとえば、ほかに好きな男がいるだとか」

びっくりした美穂は目を見開く。

美穂にそんな人がいるわけがない。誰とも交際すらしたことがないのだ。

「そんなわけないですよ！」

「わかっている。きみは思いやりのある誠実な女性だ。それを感じたからこそ、打ち明けることがあるのだと知ったあのときは、人生で二番目に緊張した」

「二番目なんですね。……一番目は、どんなときだったんですか？」

そう訊ねると、山城は笑みを収める。

彼は真摯な双眸で、まっすぐに美穂を見つめた。

「一番目は、きみにプロポーズするときだ。つまり、今だ」

「……え？」

睫毛を瞬かせた美穂の前に、紺藍《こんあい》の小箱が差し出される。

山城が蓋を開くと、そこには大粒のダイヤモンドリングが鎮座していた。

キラキラと光り輝くダイヤモンドは、永遠を誓う愛の証《あかし》――。

美穂は驚いて彼の顔を見る。

「結婚してほしい。俺は長らく独身だったが、それはきみと結婚するためなのだと知った」

山城は深みのある声で、明瞭に言い切った。

たった今、山城から告げられた台詞《せりふ》を反芻する。

私、今、プロポーズ……されたの？

鼓膜から浸透した彼の言葉が、体中を満たす。

まさか、ここでプロポーズしてくれるなんて思いもよらなかった。

けれど指輪の輝きと、山城の曇りのない眼差しが、真実だと伝えている。

驚きすぎて言葉が出てこない。

呆然としている美穂は指輪に手を伸ばすことができないでいるが、山城は跪いたまま、手を引こうとしない。彼は美穂から視線を外さなかった。

「俺は美穂さんより十七歳年上だが、それを後悔させせない。きみを必ず幸せにすると誓う」

じいん、と胸が熱くなる。

美穂の人生で、幸せにすると約束してくれる人がいるなんて僥倖《ぎょうこう》だった。

私……山城さんと結婚したい。

年齢差は大きいけれど、彼とならともに暮らしていけるのではないか。

山城とは知り合ってから間もないが、彼が美穂を気遣ってくれているのは初めから伝わっていた。

彼が優しさを与えてくれるように、自分からもそれを返したいと感じる。

山城と、生涯を通して穏やかに過ごせたなら幸せだ。

そう思った美穂は、感激に震える胸を両手で押さえながら、懸命に言葉を紡ぐ。

「よろしく……お願いします。私も山城さんを、大切にしたいです」

緊張して声が震えてしまったが、はっきりと言えた。

すると、山城がほっとしたように肩の力を抜き、深い息をつく。

彼も緊張していたのだ。

双眸を細め、唇に笑みをのせた山城は、小箱から指輪を摘む。

そっと美穂の左手を取ると、彼は薬指に嵌《は》める。

「婚約指輪を受け取ってほしい」

「ありがとうございます……。すごく綺麗ですね」

白銀のプラチナリングを嵌めた左手を陽光にかざすと、ブリリアントカットのダイヤモンドが奇跡的な輝きを放つ。

プロポーズされたなんてまだ信じられなくて、心がふわふわしている。

だけど山城に求婚されたことが、あまりにも嬉しくて、幸せを感じていた。

「私……とても幸せです。今日のことは一生忘れません」

「俺も幸せだ。一緒に薔薇を見たことも、プロポーズを受けてくれたことも、すべて大切な思い出になった。これからもふたりでたくさんの思い出を作っていこう」

「はい……」

山城に手を取られて立ち上がる。

彼は美穂と右手をつなぎ、もう片方の手を腰に添えて支えてくれた。

その優しさが胸に染み込んでいく。

これまでは、自分に価値なんてないのだと思っていた。

だけど山城に出会って、それは真実ではなく呪縛だったのだと気づかされる。

少なくとも、山城は美穂を必要としてくれている。彼の想いを否定したくなかった。

自分に価値がないとしてしまうと、彼をも否定することにつながる。

彼の妻になるという価値を、美穂は見出《みいだ》すことができた。

山城となら、幸せな家庭を築いていける。

希望を持てた美穂は、まっすぐに前を見て歩いた。

# 第三章　幸せな結婚

美穂と山城の結婚が正式に決まると、小久保家の誰もが満悦していた。これで資金の当てができたからだ。美穂は結婚のために会社を退職するので、引き継ぎで忙しく過ごした。もちろん家事もこれまでどおりこなす。

プロポーズを受けてから、二か月後――。

結婚の話はとんとん拍子に進んだ。七月の爽やかな晴れの日、ついに挙式に至る。

白無垢《しろむく》をまとった美穂は、漆黒の羽織袴《ばかま》を着た山城と並び、厳かな神殿で式を挙げた。プラチナの結婚指輪を交換したときは感激が胸に染みて、涙が溢れてしまったが、山城はその雫をそっと拭ってくれた。

挙式のあとは盛大な披露宴が開かれる。

美穂は百花が刺繍《ししゅう》された色打掛で山城とともに入場した。席に着くと、招待客の祝辞を受けてすぐにお色直しのため離席する。純白のウェディングドレスで登場して着席すると、間もなく今度はラベンダー色のカラードレスに着替えてと、お色直しに忙しく、その合間にケーキ入刀などの演出をこなすので目まぐるしかった。

山城と父の双方の会社関係者が多数招待されていたが、披露宴の最中は式の進行に合わせて立ち回るため、挨拶する余裕はなかった。

ようやく披露宴を終えると、すぐに支度をして会場を出る。

一般的には、このあとハネムーンに行く流れが多いようだが、山城の仕事が多忙のため、旅行は未定になっている。美穂としても結婚式と披露宴、さらに旅行を同日に詰め込むのは無理があると思っていたので、そのほうが助かる。

婚姻届は挙式の前に役所へ届けていた。

今日から美穂の姓は、山城になる。

事前に引っ越しすることを提案されていたが、美穂の荷物は大きめのバッグひとつしかないので、家を出るときに持参してきた。あとは山城の車で帰るだけだ。

もはや小久保家に戻らなくてもよい。そのことが美穂の心を軽くした。

山城の運転する車のシートで一息ついていると、安堵の笑みを浮かべた彼が問いかける。

「疲れただろう？　結婚式を挙げるまでに何度も打ち合わせを重ねてきたが、それもようやく終わりだ。これからはゆっくりしてくれ」

「山城さんこそ、お仕事の合間に打ち合わせをして大変でしたよね。お疲れ様でした」

式場の担当者や衣装係と打ち合わせする内容は多岐にわたる。招待客の人数の把握に始まり、ウェディングブーケを選ぶまで、あらゆることを決めるために、ふたりで何度もホテルへ出向いた。挙式と披露宴は、ふたりが見合いをしたホテルで行ったので、よい思い出になった。

けれど山城はいつも打ち合わせを終えて美穂を送り届けると、すぐに会社へ戻っていた。担当者と相談しているときも仕事の電話が入ることがよくあったので、とても大変だったろう。

微苦笑をこぼした彼は、ハンドルを握りながらも、ちらとこちらを見やる。

「今日から美穂さんも、山城だ。俺のことは名前で呼んでほしい」

「あ……そうですよね。なんだか恥ずかしいけど……」

「晴れ男だから、ほら、あれだな」

もちろん彼の名前は知っているけれど、晴れ男に絡める山城がなんだか微笑ましく思えて、美穂はくすりと笑った。

「晴政さん、ですよね？」

口の中で彼の名前を転がすと、とても甘やかに感じた。

婚姻届を提出したので、ふたりはもう他人ではない。妻の欄に名前を記入したときは、どこか現実感がなかったけれど、彼の名前を呼ぶと、結婚したのだという実感を得られた。

「私へも、さん付けでなくていいですから」

「わかった。美穂と呼ぼう」

美穂の名を呼んだ晴政は、顔を綻ばせていた。

年齢差はあるけれど、これから夫婦として、徐々に打ち解けていこう。

美穂の胸は結婚した喜びと、未来への希望で溢れていた。


ふたりが乗った車は、近郊の高級住宅地に辿り着く。

この近辺は豪邸が建ち並んでいる閑静な住宅街だ。その中でも一際瀟洒な屋敷のガレージに、山城は車を停めた。

「家に招待するのが結婚当日になってしまって、すまない」

「結婚式まで時間がなかったですから。……すごい豪邸なんですね」

「さほどでもない」

さらりと晴政は言うが、これほどの豪邸だとは思っていなかった。

重厚な白壁の塀が敷地をぐるりと囲み、シマトネリコやオリーブの庭木が覗いている。出入り口には高級感のあるロートアイアンの門扉《もんぴ》が設置されていて、その向こうに見える洋風の邸宅はまるで中世のお城のよう。

綺麗に手入れされているので印象がよく、小久保家とは雲泥の差だ。

ここに晴政はひとりで住んでいると聞いている。実家から出るのと同時に邸宅を建設して引っ越したというから、相当なセレブリティだ。

車から降りたふたりは、玄関へ向かう。

玄関から見渡せる庭の芝生が、陽の光に輝いていた。

「今日からここが、きみの家だ」

「私の家……」

美穂には新たに帰るところができたのだ。もう継母と妹のいる家には帰らなくていい。これからは優しい夫と一緒に、穏やかに暮らせる。

その幸せは、ふつうの人が手に入れられる当たり前のことかもしれない。

だけど美穂にとっては、到底辿り着けないと思っていた未来だった。

バッグを持った美穂は、幸せを噛《か》みしめながら家へ入る。

すると、ふくよかな中年の女性に出迎えられた。

「おかえりなさいませ、奥様。わたしは家政婦の照代《てるよ》と申します。何卒《なにとぞ》よろしくお願いします」

にこにこと笑みを浮かべた照代は丁寧なお辞儀をする。

これまでは自分が家政婦のようだった美穂は、挨拶されて戸惑ってしまう。

「よ、よろしくお願いします……。家政婦さんがいらっしゃるんですね」

「旦那様にお仕えして二十年ほどになりますかね。奥様のお邪魔にならないよう努めます。なんでもお申しつけください」

朗らかに微笑んだ照代が、膝をついて二組分のスリッパを差し出す。彼女は流れるように、美穂の手にしたバッグを受け取った。

とても手慣れた動きで如才なく、さすがプロの家政婦といった感じだ。

スリッパに足を通した晴政は美穂に説明する。

「照代さんは実家にいた家政婦のうちのひとりだ。ほかに調理人と庭師もいる」

「すごいですね……」

美穂もスリッパを履き、晴政に案内されてリビングへ入る。

三十畳はあろうかというリビングは陽光が射《さ》し込む明るい空間で、高い天井からはシャンデリアが吊り下げられている。磨き上げられたリノリウムの床と、純白の壁が眩《まぶ》しい。インテリアは白のファブリックでまとめられていた。

室内には革張りのソファセットに、大理石のローテーブル、ほかには大型のテレビと観葉植物があった。棚などの余計なものがないので、さらに広々としている。

まるでギャラリーのようだ。ここが個人の邸宅だなんて信じられず、圧倒されてしまう。

晴政がソファに座ったので、美穂も斜め向かいに腰を下ろす。

L字型のソファは広すぎて、ふたりだけではかなりスペースが余っていた。

「とても広いですね。お掃除、頑張りますね」

「家のことはプロに任せているから、美穂は食事の支度や掃除などの家事はしなくていい」

「えっ、そうなんですか？」

驚いた美穂は目を見開く。

妻なのだから、家事はすべて美穂の仕事だと思っていた。小久保家では食事の支度から後片付け、掃除に洗濯、それに庭の雑草をむしるまで、あらゆることをこなしていたので、それが当たり前になっていたから。

だけど家政婦がいるからには、すべて任せて然るべきなのだろう。

晴政は軽く手を組み、ゆったりと背もたれに身を預ける。

その姿勢が彼の余裕を表しているのと同時に、冷酷な社長が部下に命じるときのような印象も受けた。

「きみの仕事は俺の妻でいることだ。仕事にまつわる行事やパーティーなどに同席してもらうが、それ以外は好きにしていい。ただし、周囲から見て恥ずかしくない妻でいるように心がけてくれ」

「は、はい。わかりました」

妻としての心構えを諭され、思わず姿勢を正す。

まるで、よき妻としての顔しか求めていないとでも言いたげだと思ってしまったのは、気にしすぎだろうか。

夫婦とはもっと砕けた間柄でいられるものと思っていたのは、美穂の勘違いだったのか。

そのとき、照代が盆を持ってキッチンから出てきた。

ふたりの前のローテーブルに、紅茶のティーカップが置かれる。

「ありがとうございます」

美穂が礼を言うと、照代は微笑みを返す。

だが、カップを手にした晴政は眉をひそめた。

「礼は言わなくていい」

「でも、わざわざ紅茶を淹《い》れてもらったんですから、お礼くらい言うのはふつうじゃないでしょうか」

そう言うと、嘆息をこぼした晴政はカップをソーサーに戻す。

「照代さんはこの家の家政婦であり、家事をするのが仕事だ。雇っている従業員が仕事をするたびに、雇用主が礼をしないだろう」

「……そうですね。すみませんでした」

「それから、もう敬語で喋らなくていい。これまでは俺に気を使っての敬語だったのだと思うが、いつまでも萎縮してしまっていては公の場に出たとき、夫婦仲が円満にいっていないのかと思われる。妻としての自覚を持ってくれ」

「わかりました……。あ、すみません。わかった……」

次々に指摘されてしまい、すっかり萎縮した美穂は辿々しく答える。

晴政とは穏やかに暮らせると思ったが、美穂の想像とは少し違っていたみたいだ。

彼は山城グループという旧財閥の一員なのだから、本物のセレブであり、彼と結婚した美穂も山城家の一族になる。一般的な家庭とは異なるので、これまでと同じ感覚ではいけないのだ。

理解しているものの、ぎくしゃくとしてしまう。まるで見合いのときのぎこちなさが、よみがえったみたいだ。

ソファで身を縮めていると、それを見かねた照代が口を出す。

「奥様は今日いらしたばかりなんですよ。少しずつ新しい生活に慣れていけばよろしいじゃありませんか」

「それでは困る。こういうことは初めが肝心だ。あとから指示を出しても遅い」

「旦那様のおっしゃることもわかりますけどね、それじゃまるで仕事みたいな言い方ですよ。結婚式を終えたばかりでそんなことを言われたら……」

晴政は軽く手を上げて、照代の言い分を遮る。

「照代さんはキッチンへ戻ってくれ。これは我々の話し合いだ」

困ったように眉を下げた照代は、うつむいている美穂をちらとうかがう。

「旦那様は今ちょっと厳しい感じでおっしゃいましたけど、本当はそんなことないんですよ」

彼女のフォローに、美穂は曖昧に頷く。

晴政が咳払いをこぼしたので、照代はそそくさとキッチンへ入っていく。

照代が先ほど室内に置いた美穂のバッグが目に映り、それがひどくくたびれていることが、なんだかこの部屋の中で異質に見えた。

照代が代弁してくれたので、美穂から夫に言うことはなにもなかった。

なにも言えなかった。

晴政の言い分は正しい。妻としての自覚を持つのは当然だ。

きっと彼は、これまでの美穂の暮らしがどんなものだったか見透かしていて、そのままでは山城家の嫁としてはいけないと言いたいのかもしれない。

美穂としても破談になっては困るので、これまで必死に取り繕ってきたつもりだが、おそらく隠しきれていないだろう。

彼に嫌われたくないために令嬢らしさを装っているものの、嫁入り道具すら持参せずにバッグひとつだなんて、おかしいと思われないわけがない。

晴政さんの妻でいるために、彼の望むとおりにならないといけない……。

でもそれは果たして、正しい夫婦なのだろうか。

そもそも正しい夫婦とは、なんなのか。考えるほど、美穂はどうしたらいいのかわからなくなってしまった。

照代がいなくなると、ふたりの間には気まずい沈黙が横たわった。

これまでは晴政と沈黙になっても気まずさなど感じなかったのだが、結婚した途端に空気感が変わったようになるのは、なぜなのか。

所詮は政略結婚なので、こういうものなのか。

膝に置いた手をぎゅっと握りしめたまま、美穂は会話の糸口を探す。

なにを言っても彼の機嫌を損ねてしまうのではないかと思うと、言葉が出てこない。

まるで小久保家にいたときのようだった。

晴政は音もなくティーカップの取っ手を持ち、紅茶を飲む。

フルハイトの窓からは庭が見渡せた。

芝生の緑を眺めていた晴政は、ぽつりとつぶやく。

「いつか薔薇を植えたいと言っていただろう。この庭に花壇を作ってはどうだろう」

それは見合いのときに言った台詞だった。

晴政さんは、私が言ったことを覚えていてくれた……。

たったそれだけのことかもしれないが、美穂の胸のうちに仄《ほの》かな希望の灯が点《とも》る。

「いいんですか？　あ、いえ、いいの？」

「敬語でなくていいと言ったが、口調は無理に変えなくていい。慣れないとつらいだろうからな」

「わかりました……。少しずつ、変えていくようにしますね」

「そうしてくれ。庭についてだが、これまでは庭師に任せきりだった。もし美穂が園芸をしたければ、好きにしていい」

顔を上げた美穂は、庭に目をやる。

常緑樹は植えられているが、花はない。ここに花壇を作ったら、きっと素敵だろう。

それは美穂の憧れだった。

小久保家では忙しすぎて、花を植えるような余裕がなかった。趣味すら持てなかったのだ。

だけど、これからは趣味に時間を割ける余裕が持てる。

なにより、素敵な薔薇の花壇ができたら、晴政も喜んでくれるのではないだろうか。

「薔薇の花壇を作ってみたいな……」

小さな声で言うと、彼は笑みを見せた。

「さっきはきついことを言って、すまない。つい職場のような話し方になってしまった。今日からは夫婦だ。仲良くやっていこう」

「うん……」

晴政が優しいだけではなく、厳しいところもあるのは、数多くの部下を束ねる立場として当然のことだろうと思う。職場での癖のようなものが出るのも、それだけ彼は仕事を懸命にこなしているという証なのだ。

彼の妻として、しっかりしないといけない。

そう心に刻んだ美穂は微笑みを浮かべた。


結婚式を終えて、山城家に引っ越してきてから、一か月が経過した。

掃除や雑用などはすべて照代がやってくれて、食事の支度は専属の調理人がいるため、美穂が家事をすることはなくなった。

だけど妻としての役目があるので、怠惰に過ごすわけではない。朝は晴政が起きるよりも早く起床し、身支度を整える。夫を起こしてともに朝食を取り、会社へ行くのを見送る。それからは庭へ出て、花壇作りに励んでいた。

薔薇の苗木をひとつひとつ植え付けていると、心が安らぐ。

園芸は初めてだけれど、庭師に聞いたとおりに、少しずつ作業を進めていく。祖父くらいの年齢の庭師は穏やかな人で、丁寧にやり方を教えてくれた。今日はひとりなので、美穂は黙々と元肥《もとごえ》を入れたり、支柱を立てる。

陽射しが強くなってきて、麦わら帽子の隙間から空を見上げる。

「たくさん水をやらないとね」

庭の端にある金色の蛇口から、ジョウロにたっぷり水を注ぐ。

煉瓦《れんが》造りの立水栓《りっすいせん》に止まっていた蛙《かえる》が驚いて、ピョンと跳ねた。

それを微笑ましく眺めた美穂は、ジョウロを傾けて薔薇の苗木に水を撒《ま》く。

陽光に撥ねた水飛沫《しぶき》が、キラキラと光り輝く。

その光景を目を細めて見ていると、リビングから声がかけられた。

「奥様。そろそろ昼食のお時間ですよ」

「わかりました。今、行きます」

照代に返事をした美穂はジョウロを置く。

通いの家政婦である照代は週に四日は来てくれているので、気心が知れていた。彼女は美穂を娘のように慈しんでくれるのを感じる。それでいて礼節は守るため、とても接しやすかった。

敬語がなかなか取れないものの、晴政はそれを承諾している。照代は温かく見守ってくれていた。

作業用の手袋とエプロンを外し、洗面所で手を洗う。

廊下からダイニングルームへ入ると、美味しそうな匂いが漂ってきた。

山城家はリビングの隣に食事をするダイニングがあり、キッチンはその隣にある。

それぞれの部屋が独立している間取りで、とても贅沢な造りだ。

ダイニングテーブルには、カトラリーとともに、ペペロンチーノパスタとサラダ、それにフルーツヨーグルトが綺麗に並べられている。

「わあ……美味しそう」

「お昼はわたしの手作りで申し訳ありません。とても調理人の北見《きたみ》さんには及びませんから」

「そんなことないわ。照代さんのお料理、私はとても好きです」

「そう言っていただけると嬉しいです。――そうだわ、アイスティーをお出ししましょうね」

ほくほくとした笑みを浮かべた照代はキッチンに戻っていった。

調理人の北見は朝と夕方だけ来て調理や仕込みをしていくのだが、さすがプロなので、毎日がレストランのような豪勢な食事だ。日中は晴政が仕事でいないので、美穂の昼食は照代に作ってもらっていた。

「いただきます」

フォークにパスタを巻きつけて、口に入れる。

絶妙な塩加減と辛味があり、とても美味しい。サラダも彩りがある。レタスにキュウリに、紫玉葱《たまねぎ》。それに色鮮やかなプチトマトがアクセントになっている。

照代は謙遜するけれど、こういったセンスが優れているから料理上手なのだと思う。

私はどうだったかな……。

あまり思い出したくもないけれど、小久保家では毎日三食を作っていたので忙しすぎて、綺麗に盛りつけようとか、工夫しようなんて思う余裕がなかった。怒られるのを避けるために、継母や妹の好みに合わせていただけだ。

それだけ必死だったためか、自分が料理をしなくてよいことに初めは安堵した。誰かが作ってくれる料理はこんなにも美味しいのだと、感激していた。だけど時間が経つにつれて、物足りなさを感じている。

提供してもらえる食事に不満があるわけではない。

もちろん、照代たちの仕事を奪うわけにはいかないので、全部の食事というわけではないけれど、自分でも作りたい。美穂は料理が嫌いというわけではなかった。物作りをするのは好きなのだ。これまではそんなことを考える余裕がなかったというだけで。

照代がいないときもあるので、少しは料理や洗濯をするのだが、わずかだけだ。なにより、晴政に妻の手料理を食べてもらいたかった。

だけど彼にはなにも相談していない。

なんとなく、相談できる雰囲気ではないのだ。結婚してから、新しい生活に慣れるのが精一杯というのもあるけれど、とあることで晴政に避けられているのではないかと悩んでいる。

照代が盆にアイスティーのグラスを持ってきた。

テーブルに置かれたグラスには、氷の上にミントがのせられている。

「ありがとう」

「どういたしまして」

「あっ……」

ありがとう、と言ってはいけないのだった。

晴政から、使用人に礼は言わないものだと初めに言われていた。彼がいるときは気をつけているのだが、つい口に出してしまった。

すると、首を竦《すく》めている美穂の様子に気づいた照代は大仰に手を振る。

「いいんですよ！　奥様がお優しいからそういう言葉が出るんですから。わたしはとても嬉しいです。旦那様は厳しすぎますよ」

美穂に味方してくれる照代がありがたい。

彼女になら話せるかもしれないと思い、美穂は相談した。

「あの……照代さん。私もキッチンを使っていいですか？」

「もちろんです。ここは奥様の家なんですよ。でも、なにを作るんですか？」

「実は……晴政さんに手料理を作りたいと思っているんです」

「まあ！　それは素敵じゃないですか」

照代は快諾してくれたが、北見の許可も取る必要がある。日々の仕込みがあるため、突然夕食は作らなくていいと言うわけにもいかないからだ。

それに、晴政にも話しておかなければならないだろう。

晴政さんはなんて言うかな……。

もしかして、彼は美穂の手料理は望んでいないかもしれない。素人の料理は口に合わないなんて言われたらどうしよう。

彼がそう言うかもしれないという懸念があった。

晴政は優しいけれど、厳しいところもある。

そう考えると、気持ちが萎《しぼ》んでしまう。

「でも……晴政さんはプロの味に慣れているから、私の手料理を美味しくは感じないかも……」

「そんなことはありませんよ。妻の手料理を喜ばない夫なんていません。……けど、旦那様は気難しいところがありますからねぇ」

「そうなんですよね。お世辞で美味しいと言わせるのも、どうなのかなと思うし……」

ふたりで考え込んでいると、ふと照代が手を打つ。

「お弁当はどうでしょうか」

「お弁当？」

「ええ、そうです。旦那様は、お昼は会食とか食堂で済ませているはずなので、お弁当を食べたことがないと思うんですよ。それならお世辞なしに喜んでくれるんじゃないでしょうか」

そういえば、晴政の昼食について家では用意していない。彼はなにも言わないので失念していた。

お弁当を作ったら、きっと喜んでくれるはず。

「そうよね……私、お弁当を作ります！」

奮起した美穂は昼食を終えると、さっそく近所のスーパーへ買い物に行き、食材を見繕う。

晴政に食べてもらうことを考えながら食材を選んでいるだけで、幸せな気持ちに包まれた。

帰宅した美穂はキッチンの大型冷蔵庫に食材をしまう。北見が使用する鯛《たい》やアワビなどの貴重な食材の脇に、鶏肉《とりにく》やインゲンをそっと隠す。

「そうだわ。晴政さんにはお弁当を作ることを内緒にしておこうかな」

あらかじめ弁当を持たせたら、食べてくれるかわからないし、彼の反応を見ることもできない。晴政はいつも好き嫌いなく、なんでも食べているけれど、彼の好みをもっと知りたい。できれば一緒に弁当を食べたかった。

そうすると弁当を届けなくてはならないが、美穂が自分で行くべきだろう。

以前照代が荷物を会社に届けたことがあるそうなので、家の人が訪問するのは問題ないはずだ。

自分から言い出したのに照代に頼むのは申し訳ないし、妻としての務めを果たすためにも、弁当作りから届けるまで一貫してやるべきだろう。

彼に見合う妻でいたかった。

晴政に捨てられたくない、夫に喜んでもらいたいという気持ちは本心だが、自分は夫に釣り合っていないのではという懸念が頭にあるので、美穂は必死だった。

美穂が会社を訪問したことは一度もないけれど、場所はわかっているので、たとえ晴政が忙しかったとしても弁当だけは届けられる。

明日の昼食が楽しみだ。

お弁当のことは内緒だからと照代に伝えたあと、美穂は花壇作りの続きをする。

気持ちが高揚して、胸の片隅にあった憂鬱など忘れかけた。

やがて陽が傾き、庭に西日が射し込んでくる。

本日の作業はここまでにしよう。そう思って道具を片付けていると、屋内で照代と北見が挨拶を交わしている声が届く。

キッチンへ入ると、ちょうど北見が冷蔵庫から食材を取り出しているところだった。

「北見さん。冷蔵庫に鶏肉とかあるけど、明日のお弁当に使うものだから、置いておいてね」

「はい」

端的に答えた北見は必要なものだけを作業台に揃える。

彼は晴政よりも年齢が若いと思われるが、寡黙な男なのでプライベートなことはまるで喋らない。いつも作務衣《さむえ》に草履で現れる。北見は海外で修行したあと、レストランで働いていたのだと、照代から教えてもらっただけだ。

「あと、バターとか調味料を使ってもいいですか？　すごく高価なものみたいだから、少しだけ使いますね」

「はい」

北見は鮮やかな手つきで出刃包丁を操り、鯛を捌《さば》いている。切り身をプラスチック容器に入れると、粗塩を振りかけた。魚料理は、まず魚を捌かなければならないし、下処理を施すのに手間がかかるのだ。

「あとね、お弁当を作るのは晴政さんには黙っていてほしいんです。びっくりさせたいから」

「承知しました」

作業台から目を離さない北見の返事が簡素すぎるので、本当に話を聞いてくれているのか疑問に思う。

ダイニングに花を飾っていた照代が、見かねてこちらにやってきた。

「ちょっと、北見さん。奥様が明日、旦那様にお弁当を作るんですよ。それを内緒にしておいてと言ってるのに、そうですかとか、いいですねとかないんですか?」

「そうですね」

北見は手元から視線を外さない。

微苦笑をこぼした美穂は、照代の腕を引いてキッチンを出た。

ダイニングに来た途端に照代は憤慨を露わにする。

「まったく！　北見さんはいつもああなんだから。もうちょっと愛想があってもいいのにねぇ」

美穂は苦笑いを浮かべつつ、相づちを打つ。

北見は無愛想だが、黙々と仕事をこなし、晴政と話すときは丁寧に受け答えをしている。もちろん料理の腕は確かだ。彼の作る食事は和食でも洋食でも、とても美味しい。

「もうすぐ晴政さんが帰ってくるから、テーブルナプキンを選びますね」

「わかりました。わたしはお掃除の続きをしますね」

夕食のときのテーブルコーディネートは、美穂が決めている。

リネンナプキンひとつ取っても、様々な色やデザインがあるので、コーディネートするにはセンスが必要だ。

調理や給仕はすべてやってもらえるので、自分にもなにかできることがないかと模索したところ、テーブルナプキンを選んでみようと思い立った。

今日は洋食なので、ダイニングテーブルには紺色のテーブルクロスを敷き、青の紫陽花《あじさい》がデザインされたプレースマットを選ぶ。そこに精緻な模様が刻まれた純白の皿を置く。それからアイボリーのフリル付きリネンナプキンを波形に畳み、シルバーリーフのナプキンリングで留めた。

フランスの避暑地風をイメージしてみたが、どうだろうか。

テーブルに二組をセットすると、北見がキッチンから出てきた。彼は無表情でコーディネートを見つめる。色合いや雰囲気によって、料理をどの模様の皿に盛りつけるか決めるためだ。

「今日はこんな感じだけど、どうですか？」

「はい」

まったく感想がないのは、いつものことである。チェックを終えた北見がキッチンへ戻ると、すぐに作業を続ける物音がかすかに聞こえた。

照代は玄関回りをあらためて綺麗にするため、上がり框《かまち》や飾り棚を拭いている。晴政が気持ちよく帰宅できるために、準備は整っていた。

鏡を覗いた美穂がブラウスの襟を直していると、ガレージの自動シャッターが開閉する音が耳に届く。

晴政が帰ってきた合図だ。

足取り軽く玄関に駆けつけた美穂は、唇に弧を描いた。

無理に笑顔を作っているわけではなく、夫が帰ってきたと思うと嬉しくて、自然に笑みがこぼれてしまう。

やがて、ガチャリと重厚な玄関扉が開く。

晴政はダークスーツにネクタイという格好で、朝と異なるのは、顔に疲労の色が見られることだった。今日も忙しかったのだろう。

だけど美穂を目にして、彼は微笑を浮かべる。

「ただいま」

「おかえりなさい、晴政さん」

革靴を脱いだ晴政は、鞄《かばん》を美穂に預ける。

少し後ろに控えている照代は、慇懃に頭を下げていた。

ピカピカに磨き上げられた玄関で、毎日夫の出社を見送り、そして出迎えるのは至上の喜びだった。

「家ではなにか変わったことはあったか？」

「いいえ、なにも。今日は花壇を作っていました」

「そうか」

何気ない会話だけれど、いつものルーティーンに幸せを感じる。

リビングに入ると、晴政がネクタイのノットに指をかけた。

その仕草に雄の色香を感じて、どきんと胸が高鳴る。

鞄をソファに置いた美穂は、晴政のジャケットを背後から脱がせた。

広い背中は勇猛さを表していて、どきどきと鼓動が駆ける。

そっと息を整えつつ、ジャケットを手にした美穂は声をかけた。

「食事にします？」

「ああ」

ほかの返事はないので、いつもどおりである。

照代に軽く頷くと、心得た彼女はキッチンへ入った。給仕は照代の仕事だ。美穂は初日に料理を運ぶのを手伝おうとしたとき、晴政から咎《とが》められてしまった。使用人の仕事を妻が邪魔してはいけないらしい。

今ではすっかり慣れたので、夫に注意されることは、ほぼなくなった。

ジャケットをウォークインクローゼットにしまってから、ダイニングへ赴く。

晴政とともにテーブルに着くと、照代が食前酒を運んできた。

「今日のテーブルコーデは避暑地風にしてみたんです。どうですか？」

「ああ。いいんじゃないか」

どうにも気のない返事だが、晴政は仕事で疲れているので、褒めてほしいなんて要求をしてはいけない。妻として頑張ろうとは思っているが、空回りしているのではないかという虚《むな》しさが胸をよぎる。

美穂は、自分が役に立っているという実感がなかった。

少なくとも北見よりは感想の語句が多いので、夫は満足してくれていると思うことにした。

食前酒をいただくと、前菜が運ばれてくる。

タコのカポナータ風はパプリカやズッキーニを合わせて、オリーブオイルを絡めてある。それにチーズの生ハム巻きと、アワビのバター醤油《しょうゆ》炒めが添えられていた。少しずつなので食べやすく、いろんな味が楽しめる。

メインは鯛のムニエル。先ほど北見が捌いていた鯛の切り身は、こんがり焼かれており、バターの香ばしさが際立っていた。ほうれん草のソテーも添えられ、レモンバターソースが絶妙に絡み合い、極上の美味しさだ。

毎日、レストランの食事のようなプロの料理を食べられるなんて、本当に幸せなことだと思う。

カトラリーを操りながら、ちらと晴政を見やる。

彼は食事の作法がとても美しい。咀嚼《そしゃく》音など立てないし、姿勢も綺麗だ。ナイフとフォークを持つ手つきは、こなれている。育ちがよい証なのだろう。

「お仕事は忙しかった?」

「まあまあだな」

「晴政さんは明日も社長室にいるんですか?」

「明日は会議と来客の予定が……」

言いかけた晴政は微苦笑を見せる。

お弁当を持っていくので明日の予定をそれとなく聞き出そうと思ったのだが、気づかれただろうか。

「なんだ。美穂は俺がきちんと働いているか気になるのか? 社長だからといって、社長室の椅子に座っているだけじゃないぞ」

「ふふ。わかってます」

冗談めかして答える晴政に微笑み返す。

黙っているのは心苦しさもあるけれど、彼にその分だけ喜んでもらいたいという想いが強かった。

メイン料理とともにパンを食べたあとは、デザートとして果物の盛り合わせをいただく。照代が淹れたコーヒーを飲んでいると、すべての作業を終えた北見がダイニングルームに顔を出す。

「旦那様。なにかありますか」

「美味《うま》かった。明日も北見の好きにやってくれ」

「承知しました。では、失礼します」

いつもこのようなやり取りなので、もはや慣れたが、晴政の食の好みがまるでわからなかった。晴政がメニューや仕上がりに注文をつけているところは、少なくとも美穂が来てからは一度も見ていない。

白いドラゴンフルーツの果実をデザートフォークで刺した美穂は、それとなく訊ねる。

「晴政さんは好き嫌いがないんですね」

「特にない。美穂もそうだろう」

「私もないけど……。洋食とか和食とか、そういう好みはないの？」

北見は中華料理は範疇《はんちゅう》外のようなので食べたことがないが、その日のメニューが和食か洋食かは、仕入れによって変わる。もちろん美穂は毎日のテーブルコーディネートを変えているが、晴政はそれらについても一切指示しない。

彼はコーヒーカップを優雅に傾けながら、淡々と言う。

「ないな。食事とは、レストランなのか機内食かというカテゴリの違いでしかない。選ばなければならないときは洋食を選ぶ。洋食が不味《まず》いところは、ほかの料理が上手なわけはないからな」

こだわりがないのか強いのか、よくわからない……。

頬を引きつらせた美穂は、ドラゴンフルーツをかじった。南国の爽やかな甘味が口中に広がる。

「ええと……つまり、晴政さんは洋食が好きということ？」

「違う。どんなプロでも洋食ならこなせるから、消去法で洋食を選ぶということだ」

「だから……和食よりは洋食のほうがいいってことでしょう？」

「よい悪いの評価ではない。それだけ和食の味つけが難しいということだ」

「そう……」

どうにも噛み合わない。

晴政の好みを引き出すのは諦めた。とにかく洋食なら無難だと彼は考えているということらしい。

だけど話が合わないのは、美穂が夫の考えについていけないからにほかならない。

自分がいけないのだと思うと、『無能』と呪詛のように言われ続けた過去の記憶が脳裏にこびりついた。

晴政と結婚してからは幸せに過ごせているため、自分には彼の妻という価値があると自信を持ちかけていたけれど、ふとしたときにそれを失ってしまう。

美穂の自信は砂上の楼閣のごとく脆《もろ》い。

それも、妻として役に立っていないからだろうか。

手が止まってしまった美穂を見て、晴政はぽつりと言った。

「すまない。言い過ぎた」

「あ……ううん。晴政さんは悪くありません。私が話についていけなくて……」

「つい仕事と同じ調子で語ってしまうんだ。叱ったわけではない。あまり気にしないでくれ」

「う、うん……」

叱られたと感じたわけではないのだが、美穂にはうまく言えなくて、頷くことしかできなかった。

見合いをしたときからなんとなくぎこちなさはあったのだが、あれは晴政が気遣って話していたせいかもしれない。美穂だって、晴政に結婚してもらえないと困るから、気を回していたはずだ。

だけど結婚したのは、資金援助をしてもらうためだけではない。晴政の人柄に惚《ほ》れたからだし、彼のほうも美穂に好感を持ってもらえたのが嬉しかった。

あれから晴政に資金援助についての詳細を聞いてはいないけれど、小久保家からはなにも連絡がないので、滞りなく済んだのだろうと思っている。

晴政に迷惑をかけた分、彼の妻として夫を理解できるよう努力しよう。

そう思いながら、美穂はコーヒーを飲み終えた。


後片付けを終えた照代が帰ると、家にはふたりきりになる。

晴政はテレビをあまり見ないので、夕食後はソファでお茶を飲んでいるか、書斎に籠もっている。

今日は仕事の続きがあるらしく、夕食後はすぐに書斎に入っていった。

美穂が顔を出すと、重厚なデスクで彼は書類を読み込んでいる。

「晴政さん。お茶でも飲む？」

「いや、いい」

「わかった。お仕事はけっこう時間かかりそうかな。先にお風呂に入りますね」

「ああ、そうしてくれ」

彼は書類から目を上げない。仕事熱心だと思う反面、もう少し夫婦の語らいの時間もほしいという想いが湧いた。

それを首を振って打ち消すと、美穂は書斎の扉をそっと閉める。

ひとりきりのリビングで自分が淹れたハーブティーを飲む。

日中は照代たちがいるので楽しく会話ができるが、夜は孤独感が増した。晴政が忙しくて書斎に籠もっているときは、特にそんな気持ちになる。

結婚してから、美穂は小久保家にいたときとは別世界に来たかのように優遇されている。

晴政の妻として大切に扱われ、何不自由のない暮らしをさせてもらっている。継母たちにいじめられて傷ついた心が、緩やかに回復していくのを感じていた。

ただ、それとは別の問題が持ち上がっている。

それはまだ美穂の心の中だけに存在するのだけれど、とても大きなことなのではないかという懸念があった。

夜になると、不安が大きく膨れ上がる。なぜならその問題は夜に起こるからである。

「お風呂に入ろうかな」

不安を掻《か》き消すかのように、ソファから立ち上がった美穂はティーカップをキッチンに片付けた。それからバスルームに入る。

バスルームは浴槽がとても大きく、まるで旅館のような豪勢さだ。晴政が疲れを取るために、バスルーム自体が広い造りになっている。

ゆっくりと浴槽に身を沈めた美穂は、ぽつりとつぶやく。

「……今夜も、ないのかな」

結婚してからずっと、夫婦の営みがない。

それが美穂を悩ませている源だった。

結婚前ならともかく、婚姻届を提出して、一緒に暮らし始めてからもないのは、どういうことなのだろうか。

ふつうの夫婦は結婚式の夜に、初夜を迎えるものと思っていたのだが、そうではないのか。それとも美穂になんらかの落ち度があって、晴政がそういう気持ちにならないということか。

このままでは、妻としての務めをなにも果たせていない。晴政の傍にずっといたいからこそ、本当の意味での夫婦になりたかった。

美穂としては、夫婦として夜の営みもしたいと思っているし、赤ちゃんも授かりたいと考えている。まったく営みがないと子を授かる希望すら持てない。それに愛されている実感が持てず、晴政から嫌われているのではないかという不安が大きかった。裕福な暮らしをしていても、どこか満たされないままなのは、夫婦生活がないことが原因だと美穂はわかっていた。

一緒に暮らし始めて一か月になるが、晴政は夜の営みについてなにも言わない。美穂から切り出すことはできなかった。もしかしたら晴政がなんらかの男性のコンプレックスを抱えているとしたら、それを刺激してはいけないだろう。

「どうすればいいのかな……」

誰かに相談できるわけでもなく、答えが出ない。

今夜こそあるかもと期待して、バスルームで体中を洗うのも、もはや虚しい行いになっていた。

体と髪を洗い、湯船で温まった美穂は風呂から上がる。

寝巻はパジャマではなく、エレガントなレースに覆われた純白のネグリジェだ。気分が盛り上がらないせいかもと思い、デパートで購入した高級品である。

髪を乾かしてから寝室へ行く前に、書斎へ寄る。

晴政は先ほどと同じようにデスクに向かい、書類を片手にパソコンを操作していた。

「先に寝ますね」

「ああ」

彼は画面から目を離さない。

いつものことなのでそこは気にせず、仕事の邪魔にならないよう、そっと扉を閉めた。

廊下をわたり、寝室に入った美穂は準備を始める。

紺の遮光カーテンを閉めて、スタンドライトの明かりを点す。

広々とした寝室には、ふたつのベッドが並んでいる。美穂が引っ越してきたときから、このように設置されていた。晴政には「これでいいか」と訊ねられたが、もちろん美穂に異存はない。

ふたつのベッドの間はわずか三十センチほどである。

純白の上質なリネンが明かりに浮かび上がっていた。

美穂のベッドがある廊下側に、ナイトテーブルが置いてある。

その上にあるアロマディフューザーを手にして、スイッチを入れた。

すると、エッセンシャルオイルが気化して、室内はベルガモットの香りが漂う。

本来は快眠を促すためのアロマだが、少しでも晴政にリラックスしてもらうために買ってきた。

そうしてから自分のベッドに入り、夫を待つ。

静かな薄暗い部屋で、いい香りが漂っていると眠くなってしまうが、美穂が先に寝ていたのでは元も子もない。

大きな枕に背を預けて、ナイトテーブルから文庫本を取り出す。

ページを捲《めく》るものの、初夜はあるのかどうか気になってしまい、内容が頭に入ってこない。

やがて、寝室に近づいてくる足音がした。

どきん、と心臓が跳ねる。

美穂は本に目を落とし、意識していないふりをする。

ガチャリと寝室のドアが開いて、紺色のパジャマを着た晴政が入ってきた。

「まだ起きていたのか。先に寝ていていいんだぞ」

「う、うん。この本、面白くて」

美穂の傍に近づいてきた晴政が、少し身を屈めて覗き込んできた。

彼の顔が近くて、どきどきと胸が高鳴る。

もしかして、キスされる……？

そんな期待が胸に湧いて、息を詰めてしまう。

「どんなジャンルなんだ？」

「えっと、ミステリーかな……。話題作なんだって」

「そうか」

晴政はすぐに離れて、自分のベッドに入った。

長く細い息を吐いた美穂は、本を閉じる。

ナイトテーブルに本を置くと、スタンドライトのスイッチに手をかけた。

「消しますね」

「ああ」

パチリと明かりが消えるが、フットライトがついているので暗闇にはならない。

布団にもぐり込んだ美穂は、そっと隣の晴政を見た。

仰臥《ぎょうが》した彼は、すでに瞼《まぶた》を閉じている。

「おやすみなさい」

「ああ、おやすみ」

いつもどおりの挨拶を交わす。

今夜もないのね……。

がっかりした美穂は、「どうして？」と喉元まで込み上げた疑問を呑み込んだ。

そもそも、ふたりは恋愛をしてから結婚したわけではない。

いわゆる政略結婚だ。美穂は家のために、父の薦める相手と結婚した。晴政だって、四十一歳という年齢で独身のままでは立場として困るだとか、そういった事情があったのかもしれない。

夫婦だからといって、必ずしも営みを行うわけではない。特に政略結婚の場合は、初夜さえないまま人生を終えた夫婦の話が、歴史上にはたくさんある。山城家も後継者は甥《おい》や弟もいるので、問題ないらしい。

というより、仕方ないのだ。嫌いな相手とは話したくもないわけで、嫌々でもセックスなんてできないだろう。

夫婦だから営みを行って当然というのは、好きな人と結婚した人たちだけの価値観なのだ。

でも私は、晴政さんを嫌いなわけじゃないのに……。

晴政は、美穂を嫌いなのだろうか。結婚したのは同情からで、ただお飾りの妻としていればいいということなのか。

それとも……ほかに愛人がいるとか……ううん、そんなわけないよね。

つらつらと考えていると胸が苦しくなり、眦から涙が伝う。

泣いているところを見られないよう、美穂は晴政に背を向けた。

ベルガモットの優しい香りが、次第に眠りを誘う。


夢うつつの中で、遠い過去の記憶が呼び覚まされる。

――あれは、美穂が小学生のときだった。

両親と一緒にどこかのパーティーへ連れられていった美穂は、煌びやかな世界が得がたいものだとは、まだわかっていない幼い子どもだった。

キラキラと輝くシャンデリア、豪華な料理、そして自分が着ている可愛らしいワンピース。そのどれも美穂の心を捉えることはできない。

大人の話は長くてつまらない。

母に手を引かれた美穂は、父とほかの紳士たちが談笑しているのを、溜息をこぼしそうになりながら見ていた。

同じ年頃の遊び相手でもいればいいのだけれど、残念ながらその会場には大人ばかり。

やがて嫌になった美穂は泣き出してしまった。

母は必死に宥めるものの、悲しくなった美穂の心は自分でも止められない。

そのとき、すっと眼前にオレンジジュースのグラスが差し出される。

ふと涙に濡《ぬ》れた顔を上げると、スーツを着た若い男の人がグラスを手にし、微笑みを向けていた。

「お嬢さん、泣かないで。ジュースはどうかな？」

端整な男性は若いといっても、二十代半ばくらいで、美穂よりはずっと年上である。

しかも知らない人なので、人見知りした美穂は、ぎゅっと母親にしがみついた。

苦笑をこぼした男性に、慌てた母が代わりにグラスを受け取る。

「まあ、すみません。この子ったら人見知りでして」

「お気になさらず。——大人の話はつまらないよね。向こうにケーキがあったけど、ショコラは好きかな？」

再び話しかけられて、恐くなった美穂はまた泣きそうになる。

けれど彼の袖口にある、きらりと光るものが目に留まった。

吸い込まれそうなほど深い輝きを放つそれに魅入られる。

涙に濡れた目を向ける美穂の視線を追った彼は、つと袖口を見た。

「これが気に入ったのかい？　あげようか」

腕を差し出した彼は屈託なく微笑む。

だが美穂が返事をする前に、息を呑んだ母が止めた。

「とんでもありません！　それは本物のダイヤモンドですよね。そんな高価なものはいただけませんわ」

男性が如才なく「冗談です」と言ったので、母は胸を撫で下ろす。

このキラキラした宝石は、ダイヤモンドというのだ。

とても高価なもので、きっと彼の宝物なのだ。

本音を言うと、ほしかった。

でも彼の宝物なのだから、もらえるなんて思っていないけれど。

美穂はひっそりと落胆した。

がっかりしている美穂に、彼は告げる。

「これは男物なんだ。きみが大人になったら、素敵な女性にふさわしいダイヤモンドをあげよう」

「ほんと？」

「本当だよ。約束だ」

彼の言葉が、胸の奥底まで染み渡る。

美穂の胸にダイヤモンドの輝きが宿った気がした。

それはキラキラしていて、星よりも眩い約束だった。

母はなにも言わずに微笑んでいた。大人になったら、という遠い未来の話なので、母は本気にしていないのだろう。

無邪気な笑みを浮かべた美穂は、立てた小指を差し出す。

「じゃあ、指切りしてね」

「いいよ」

小指と小指が絡められる。指切りげんまん――と美穂が唱えるのに合わせ、彼の低くて甘さを含んだ歌声がともに紡がれた。

指を切ると、ふたりの小指が離れる。

約束を交わせたのに、なぜか美穂の心には切なさがよぎる。

――もう、大人になるまで会えないのかな……。

どうしてそんな気持ちになるのかわからない。ダイヤモンドをもらいたいからではなかった。彼ともっと一緒にいたい。そう思ったから。

すると、美穂の想いを汲んだかのように、彼はするりと手をつなぐ。

そのことにまったく驚きはなかった。

指切りをしたのだから、彼はもう知らない人ではない。

なによりも、彼の優しげな双眸に安心できた。

「ショコラを食べる？」

「……うん」

手をつないだふたりは、料理のあるテーブルへ向かう。

先ほどは色褪せて見えていた数々のケーキが、宝石みたいに輝いていた。

彼は丁寧な所作でトングを使い、ショコラを皿に盛る。

フォークを添えて差し出された皿を、美穂は笑顔で受け取った。

「どうぞ召し上がれ。お嬢さん」

「私の名前は美穂だよ」

「美穂ちゃんか。可愛い名前だね。俺は晴政だよ」

美穂は彼の名前がよく聞き取れなかった。同級生にいない名前だったからだ。

小首を傾げて、わかったところだけを呼ぶ。

「ハルさん？」

「そうだね。〝ハル〟って呼んでくれ」

優しい笑みを向けたハルとともに、ショコラを食べた美穂はふと思った。

私、ハルさんのお嫁さんになるのかな――。

なぜかわからないけれど、そんな予感がよぎる。

ハルの袖口についたカフスボタンが、キラキラと光っている。

その輝きを目にしながら頬張るショコラは、甘くてほろ苦かった。

◆

美穂が寝返りを打ったのを衣擦《きぬ》れの音で感じ取った晴政は、瞼を開ける。

視線を横にやると、彼女はこちらに背を向けている。

また声をかける機会を逸してしまった。

晴政は音を立てないよう嘆息をこぼす。

夫婦の営みをしたいと思うものの、美穂とは十七歳の年の差だ。彼女にとって自分はオジサンである。セックスしたいと思うような対象ではないだろう。

結婚を承諾してくれたのは、資金援助のためであり、それは父親の小久保氏から言いつけられていたはずだった。

会社の経営を立て直すために、山城氏と結婚しろ——と。

彼女はホテルで初めて会ったときから、かなり落ち込んでいるようだった。着物が汚れていたこともあるのだろうが、顔つきが暗い。それは望まない見合いをさせられるからだろうと思った。

彼女が、十五年ほど前にパーティーで出会った少女かもしれないというのは、庭園を散歩しているときに記憶がよみがえった。見合い相手の彼女は、あのときの少女の面影がある。

あの母親らしき女性は小久保夫人だったことも思い出す。彼女が小久保氏の前妻だったのか。

そういえば、少女の名前は〝美穂〟だったと思う。

パーティーにはほとんど顔を出さないので、あれ以来小久保家に会ったことがなく、おぼろげにしか覚えていなかった。

ダイヤモンドのカフスボタンを拾ってくれたときに、デジャヴがよぎったが、なにか運命的なものを感じる。

直感が走ったので、すぐに交際を申し込んだ。

初めに資金援助と交換での見合い話が持ち込まれたときは、断ろうと思っていたのだが、このときにはすでに彼女と結婚したいという気持ちがあった。

しかし美穂のほうからは約束のことについてなにも言わないので、あの少女本人であるとの確信はなかった。そもそも子どもの頃のことだ、彼女は覚えていないかもしれない。

けれど結婚を考えたのは、もちろん少女と指切りした約束を果たしたいというわけではない。

これまで晴政には数多の縁談が持ち込まれた。

いずれも名家の令嬢ばかりで、山城家と釣り合いが取れる。

だが晴政はすべて断った。

それは晴政のきょうだい問題に起因している。

晴政は兄と姉、そして弟がいる四人きょうだいである。長男と長女は早々に結婚して子どもがいるので、跡継ぎについては問題ないのだが、三男の弟が度々女性トラブルを起こしてきた。玄人《くろうと》の女性に入れ込んで大金を貢いだり、妊娠を偽装した女性に結婚を迫られて警察沙汰になったりと、山城家を巻き込んで騒ぎになるたびに、晴政が解決のため骨を折った。

その処理の中で、晴政は女性のずる賢い面を目の当たりにし、すっかり結婚への意欲を失ってしまった。それに最近では甥のこともあった――。

もちろん縁談以外にも、晴政に近づいてきた女性はいる。

彼女たちはみな、こなれた美人ばかりだった。

こちらから話さなくても彼女らは話題を提供し、場を盛り上げて楽しませてくれる。

それは社長夫人という地位や、山城家の財産を狙ってのものというのはわかりきっている。なぜなら、弟が関わってきた女性たちと傾向がよく似ていたからだ。晴政の立場を知った上で近づいてきて、初めは愛想よく尽くすような姿勢を見せ、次に結婚や交際をちらつかせる。それをきっぱり断ると、もう見向きもせずに去っていく。

一方、美穂はそういった打算的なタイプではない。

それはカフスボタンを拾ってくれたときのやり取りでわかった。

彼女は晴政の正体を知らないのに、親切にしたのだ。しかも初めは汚れた振袖を替えることを遠慮した。

とても謙虚で清廉で、類《たぐ》い希《まれ》な優しい心を持った女性だ。

おそらく、これが世に言う一目惚れというものではないか。

しかし美穂のほうは、父親に言いつけられて嫌々の見合いのせいか、どうにも態度が硬い。晴政と出会った昔のことは覚えていないようだった。もしかしたら別人かもしれないが、かといってこちらから確認するのはわざとらしい。

それについては明らかにしなくてもよいと晴政は思っている。

小久保氏が心変わりしないうちに、なんとしても美穂と結婚したい。金はいくらかかってもかまわなかった。

資金援助については、見合いのあとの話し合いでまとまった。小久保氏は資金提供に感謝するのみで、娘を心配するような言葉はひとこともない。まるで親のために娘が役に立つのは当然とでも思っていそうだが、これからは義父になるので、それについては触れないでおく。

薔薇園でプロポーズしたとき、美穂は感激して受け入れてくれた。

結婚式でも嫌々といった姿勢は見られなかった。

親の言いつけで結婚したものの、少しは晴政に好意を持っているのだろうかと期待した。

だがイベントが終わると、日常が始まる。

彼女との関係を築こうと肩に力が入っていたためか、家に来たときは厳しいことを言ってしまった。つい仕事のような感覚になっていたかもしれない。

しかし、妻を思いどおりにしようなどというつもりはない。

そもそも人間を都合のよいように動かすのは、無理が生じるものである。

美穂は小久保家では、親の都合のよい駒のように扱われていたのだろうとわかる。それは彼女が異常に怯えている様子から察せられた。普段着ている服は古着で、引っ越しに持ってきた荷物はバッグひとつというわずかなものだった。とても社長令嬢とは思えない質素さだ。

小久保家には継母と連れ子の妹がいるそうだが、おそらく前妻の娘である美穂は虐げられていたのではないか。見合いの日に握った手が、あかぎれだらけだったことからも、家事はすべて美穂が担っていたのだと思える。

だがもう結婚したのだから、これからは山城家の一員となって、幸せに暮らせる。彼女が望むものはなんでも与えて、贅沢な生活をさせてやりたい。

そう思う一方で、どのように妻に接するべきなのか、晴政は考えあぐねていた。日常の会話は滞りなくできていると思う。出会った頃と違い、美穂は笑顔が増えてきた。晴政が仕事でいないときも、照代たちがいるので、寂しくはないようだ。

それに安心していることもあり、晴政は家に帰ってからも書斎で仕事をこなしていた。独身のときと同じ調子だが、多忙ゆえに仕方ない。責任があるので、会社の勤務時間が終わったらすべてプライベートというわけにはいかないからだ。

そうすると寝室に行ってからが夫婦の本当の時間ということになるが、いかにも妻の体しか求めていないようで、手を出すのは憚《はばか》られる。

セックスに誘いたいとは思うものの、きっかけが掴めない。

今夜もキスしようと思ったが、もしも拒否されたら、今後どのように夫婦関係を修復するべきなのかわからない。その恐れが湧いてしまい、手を出せなかった。

美穂はいつも晴政が寝室に来るのを起きて待っている。本が面白くて読んでいると言っていたが、ページの進みが遅いように感じる。昨日確認したところから、ほとんど進んでいない。ほかのことに気を取られているのだろうか。

まさか、俺との行為を期待しているのか……？

それはないだろう。晴政は自分の考えを打ち消した。

彼女に「セックスするか？」と直裁に訊ねるわけにもいかない。十七歳も年の離れた政略結婚の夫にそんなことを言われたら、嫌悪感が湧いてしまうだろう。

そう、これは政略結婚なのだ。

恋愛や一夜限りの関係とは違う。今後何十年も、夫婦として関係を続けていかなければならない。美穂とは良好な夫婦仲を築いていきたかった。

それゆえに慎重になってしまう。

一体、どうすればいいんだ……。

晴政の周囲には積極的な女性しかいなかったので、こちらからアプローチを仕掛けたことがない。

どうしても手に入れたいと自分から行動を起こしたのは、美穂だけだ。

そのため、こういった事態は未経験と言える。

そんなことは美穂には言えないな……。年上なのに頼りないと思われてしまう。

年上の余裕を見せたいが、そう思うほどに焦りは募っていく。

再び音のない嘆息をこぼした晴政は、美穂に目を向ける。

白いネグリジェに包まれた華奢《きゃしゃ》な肩が、暗闇に浮かんで見えた。

腹の底に滾《たぎ》りかけた肉欲を押し込めて、晴政は瞼を閉じた。

ベルガモットの柑橘《かんきつ》系の香りが、寝室を包み込んでいる。


翌朝、なぜか美穂は機嫌がよかった。

そもそも彼女が不満げにしている顔は見たことがないが、いつも以上に笑みが深い。

朝食を取っているとき、鼻歌を歌いそうなほど上機嫌でパンにバターを塗っている美穂に声をかけた。

「随分と嬉しそうだが、なにかいいことがあったのか？」

「えっ？　う、ううん、なにもないです」

ぱちぱちと長い睫毛を瞬かせているが、彼女の笑みは崩れない。

話すほどでもないということかもしれないが、隠されたみたいでなんだか気になる。

もしかすると、昨夜も営みがなかったことに安堵しているのかもしれない。

彼女としてはこのまま知らぬふりをして、やり過ごそうというつもりなのだろうか。

それは仮面夫婦ということになりはしないか。

疑問は湧くものの、朝からそんなことを言うわけにもいかず、晴政は端的に返す。

「そうか」

「うん。晴政さんにもいいことが……ううん、なんでもないの」

言いかけた彼女は口元に弧を描き、嬉しそうにバターナイフを往復させた。

心中で首を傾げた晴政は、給仕をする照代を目の端で見るが、特に変わった様子はない。美穂が喜んでいるのは、プライベートな内容らしい。

俺にもいいことがある……？

今日は特別な記念日だろうか。コーヒーを飲みながら思い返す。

夫婦生活がないため欲求不満気味のせいか、どうにもポジティブな方向に考えられない。それも自分のせいなのだが。

咳払いをこぼした晴政は淡々と朝食を終える。

ジャケットを着て出勤の支度を終えると、美穂が鞄を持って玄関へついてくる。それが毎朝のルーティーンとなっていた。

いってらっしゃいのキスをしてみたいとは思うが、傍には照代がいるので、そんなことをするのは気まずい。なにより美穂から「いい年をしてみっともない」と思われるのは困る。

なにしろ、十七歳もの年の差があるのだ。

年上の夫として威厳を保たなければならない。

若造になくて、年上にあるもの。それは、あらゆる面での頼りがいしかないだろう。

美穂としてもそれを期待しているはず。

鞄を受け取った晴政は、きりりと顔を引きしめる。

「では、行ってくる」

「いってらっしゃい」

美穂は微笑んでいる。

その頬に触れたいという欲求が湧いたが、押し込めるために踵を返した。

車に乗り込んだ晴政は深い溜息をつく。

「拷問だな……」

妻がいるのに指一本触れられないとは、なんたることか。

家族会議を開いて、美穂の気持ちをはっきりと聞くべきだろうか。

しかしそうなると、以前のように晴政が上司みたいに言い聞かせて、美穂がうつむいてしまうという展開になるのが予想できた。

会議をして解決しようという晴政の発想が、もはや行き詰まっている。仕事ではないのだから、部下から意見を聞くのとはわけが違う。

妻の本音を聞き出すには、もう少し互いの距離を縮める必要があるのではないか。

だがどうやってそれをやればよいのか、方法が思いつかない。

「とにかく仕事だ」

そうつぶやいて車のエンジンをかけたとき、晴政はすでに頭を切り換えていた。

出社して社長室に入ると、秘書の榊原誠司《さかきばらせいじ》が待ちかまえていた。

眼鏡のブリッジを押し上げる仕草はインテリジェンスに満ちている。

まだ三十歳と若いものの、理知的で機転の利く彼を採用したのは晴政だった。

榊原は仕事のできる男なのだが、些《いささ》か嫌味を交えてくるので困っている。

「おはようございます、社長」

「おはよう。今日の予定はどうなっている」

晴政は重厚なデスクに着いた。

社長室は書架と応接セットが置かれたシンプルな部屋だ。ビルの二十四階なので、フルハイトの窓からは都会の街並みが一望できる。

スケジュール帳を捲った榊原は、平坦に告げた。

「本日は、午前中に新規事業についての会議があります。午後からは来客が二件入っております」

「そうか」

旧財閥の流れを汲む山城グループは、ホールディングス傘下の会社を多数抱えている。主に百貨店、ホテル事業、不動産、建設業などだが、事業分野は多岐にわたる。

晴政が担っているのは不動産会社だが、新規事業としてテーマパークを建設する話が進められている。ホールディングスカンパニーが関わる大きな案件なので力が入っている。

鞄から書類を取り出した晴政は、建設予定地の図面や事業計画書を見直した。

隣の秘書室に赴いた榊原は、コーヒーを手にして戻ってくる。

「どうぞ」

デスクに置かれたカップを無意識に手にする。

苦みのある液体を喉に流し込む。榊原の淹れるコーヒーはいつでも苦すぎる。

そういえば、昨夜は美穂のハーブティーを飲んでいないな……。

ふとした瞬間に妻の顔が脳裏をよぎる。

十七歳もの年下の妻と、どのように接していけばよいのか。そもそも、二十四歳の若い女性は一体なにを考えているものなのか？

ソーサーにカップを戻した晴政は、榊原に意見を聞いてみようと思った。

「榊原は独身だったな」

「そうですが。長らく独身だった社長には、今は若い奥様がいらっしゃいますから、のろけたいのですか？」

「きみの嫌味は残念ながら的を射ていないが、あながち外れでもない」

「といいますと？」

榊原は眼鏡の細いフレームを、くいと指先で押し上げる。

彼とは長い付き合いだが、プライベートなことはほとんど知らない。

だが整った顔立ちをしているので、きっと女性にモテるだろう。

「かなり年下の女性と交際した経験はあるか？」

「わたくしは三歳差までの女性が許容範囲内です。それ以上の年齢差がありますと、話が合わないので」

「……そうか。大多数がそういった見解だろうな」

まったく参考にならなかった。

夫婦は夫の方が年上の割合が統計上多いとはいえ、十歳以上の年の差はそうよくあるケースではないだろう。

だが、多数派だから家庭がうまくいくわけではないと晴政は思っている。家庭とはひとつひとつが別物なので、ほかの家庭の例は当てにならないからだ。年齢差があるゆえに円満にいかないとしたら、三分の一のカップルが離婚するというデータが矛盾することになる。

つまり年齢差が原因で離婚するのではなく、家庭が破綻する理由は別のところにある。

たとえば、セックスレスであるとか……。

咳払いをこぼした晴政は話を継ぐ。

「三歳差というなら、二十七歳だな。その年齢の女性はどういったものを好むんだ？」

「わたくしより、奥様に直接訊ねてはいかがでしょうか？」

「それができないから困っている」

榊原は、フッと独特の笑いをこぼして肩を竦める。その所作は嫌味に満ちているのだが、彼はもとから慇懃と無礼が撹拌《かくはん》しているような男なので、こういうものだと晴政は思っている。

「社長は結婚後も、相変わらず社内ではプライベートをひけらかしませんが、一部では若い奥様を迎えてうらやましいという声が上がっているようです。その奥様が理解できないというのは大変贅沢な悩みです。……ですが、社長の質問にあえてお答えしますと、スイーツなどをプレゼントしてはいかがでしょう」

「スイーツとは、ケーキか？」

若い女性が好む具体的な品目を挙げてほしいのだが。

スイーツと言われても幅が広いので、流行のものがなにかわからない。

なぜか哀れな目で晴政を見やった榊原は頷いた。

「そのとおりです」

「ほう……」

ケーキをプレゼントすれば、話のきっかけになるだろうか。

そういえば手土産を買って帰ったことなどなかった。家に帰れば北見が食後のデザートを用意しているわけなので、必要ないからである。

今日はケーキを買って家に帰ろうと決めた晴政は、安堵して書類に手を伸ばした。

「助かった。参考にさせてもらおう」

「仮に奥様の機嫌が取れなかったとしても、わたくしへの苦情はご勘弁ください」

不穏な台詞に眉をひそめる。

相談する相手を間違えた。

嘆息をこぼした晴政は、書類を捲った。

◆

山城家のキッチンには明るい陽射しが溢れている。

アイランドキッチンはとても広々とした室内に設置されていて、機能的なデザインで構成されている。作業台の背後には大型の冷蔵庫とオーブンレンジがあり、食料庫に入れるドアがあった。

庭の緑を眺めながら料理できるなんて、素晴らしい環境だ。

美穂はキッチンでお弁当作りに勤《いそ》しんでいた。

おかずは玉子焼きにウィンナーといった定番から、インゲンの肉巻き、鮭《さけ》の切り身に鶏肉の照り焼き、それに野菜炒めなど。品数が多いため様々な作業工程があって大変だけれど、久しぶりの料理を楽しんでいる。

「あと、飾り用の胡麻《ごま》もいるわね。それからニンジンを花型に切ってと……」

ニンジンを飾り切りしながら、グリルを開けて鮭の焼き具合を見る。

用意した朱塗りの重箱には、着々と出来上がったおかずが詰められていった。

「ふふ。晴政さん、喜んでくれるかな」

今朝は内緒でお弁当を届けられるのが楽しみで、顔に出てしまっていた。なにかいいことがあったのかと問われたときは、どきりとして、うっかり「晴政さんにも、お弁当が届くといういいことがある」なんて言いかけていた。

晴政は不思議に思ったようだが、どうにか気づかれずに済んだようだ。

『いいこと』の正体を、彼はもうすぐ知ることになる。

お弁当を開けたときの彼の喜ぶ顔を想像して、胸を綻ばせながら菜箸を操る。

米俵型に握ったおにぎりと色とりどりのおかずを詰めて、最後に花型のニンジンやプチトマト、ブロッコリーを添える。

「できた！」

彩りよく、栄養のバランスを考えて作ってみた。

晴政の好きな本格的な洋食というわけではないけれど、無難なメニューではないだろうか。

キッチンへやってきた照代が、完成したお弁当を見て目を細める。

「とても美味しそうですね。奥様の手作り弁当が食べられるってわかったら、旦那様は大喜びしますよ」

「ふふ。朝は気づかれるかと思って、ドキドキしちゃった」

「わたしも平静を装うのに必死でした！　でも旦那様にびっくりしてもらうためですからね」

「そうね。さっそく会社に行ってきます。——そうだ、アポイントを取らないと」

「では、わたしが入れますね。奥様はご準備してください」

「うん。お願いします」

重箱の蓋を閉めて、丁寧に風呂敷で包む。キッチンで使った調味料や道具を片付け、洗い物を食洗機に入れていると、リビングに戻っていた照代が電話の子機を持ってきた。

「会社には連絡しました。ついでにタクシーを呼びますね」

「そこまでしなくていいです。電車で行くから」

「電車ですか……。でも奥様のような身分の方が電車で移動するのは、危ないのではありませんか？」

「平気ですよ。子どもじゃないんだから。それにいつも電車移動していたから慣れているし」

「わかりました。お気をつけてくださいね」

心配げな顔をしながらも、照代は子機を置く。

美穂は自分の車なんて持っていないので、家事をしていた頃の買い物などの移動は電車を利用してきた。

照代に「いってきます」と挨拶して、クーラーバッグを持つ。中身はもちろん、晴政の昼食が入っている三段重ねの重箱だ。

会社の住所は知っているので、駅から順調に電車を乗り継いで向かう。

晴政の会社を訪ねるのは初めてだ。山城グループは大企業だけど、どんなところなのだろうか。

平日の昼間なので車内は空いており、美穂は胸を弾ませながらクーラーバッグを膝に抱えた。

やがて会社の最寄り駅に到着する。

ホームに降りた美穂は改札を通った。

駅から直結している複合ビルに、晴政の会社が入っている。

フロアに足を踏み入れると、広々としたアトリウムは煌めく光に満ちていた。

「わあ……素敵なところ」

商業施設を横に見て、エレベーターへ向かう。

まだランチの時間には早いためか、エレベーターは無人だった。

階層ごとのパネルを確認して、晴政の会社があるボタンを押す。かなり高階層のビルなので、エレベーターが上昇するにつれて耳鳴りがした。

ごくんと唾を呑み込んで耳鳴りを消すと、到着音が鳴る。

エレベーターのドアが開くと、目の前には広々としたオフィスの受付があった。

山城を表すロゴが堂々と掲げられている。ここが晴政が社長を務める会社だ。

オフィスというと、もっとこぢんまりした印象があったが、大会社のためか受付フロアはまるで美術館のホールのようである。

スーツを着込んだサラリーマンがビジネスバッグを提げて出入りしている。

私服で訪れた自分がなんだか場違いに感じた。今日の美穂の服装は、モスグリーンのフレアスカートに水色のドルマンスリーブなので、かなりカジュアルだ。買い物に行くような雰囲気で、少なくともオフィス仕様ではない。

せめてシャツを着てくればよかったかな……。

お弁当を作るのに夢中になって、服装までは気が回らなかった。晴政の妻なのだから、きちんとした格好をしてくるべきだったかもしれない。社長夫人といえば、高級ブランドのスーツというイメージがあるが、まだ着ていく機会もなく、そもそもそういった服を美穂は持っていない。

でも、ここまで来て引き返すわけにはいかなかった。

晴政にお弁当を食べてもらうために用意して、会社を訪れたのだから。

美穂は勇気を出して、自動ドアをくぐった。

ちらと、受付嬢がこちらを見る。

その視線に不審なものを見る色が含まれているのを感じ取り、美穂は緊張した。

にこやかな笑みを浮かべてカウンターに近づき、受付嬢に話しかける。

「こ、こんにちは。私は小久保……ではなく、山城美穂といいます。社長の山城晴政に会いたいのですが」

緊張しているので、思わず旧姓が出てしまう。美穂が『山城美穂』と名乗ったのは初めてだ。

受付の女性は綺麗な顔に無表情を貼りつけて問いかけた。

「アポイントメントはございますか？」

「はい。先ほど連絡しています」

デスクに目を落とした女性は無情に言った。

「承っておりません。アポイントメントのない方はお取り次ぎできませんので」

「えっ……そんな。確かに電話したんですけど……」

照代が連絡してくれたはずだが、手違いがあったのだろうか。

もしかしたら晴政には秘密だから、照代の名前でアポイントを入れたのかもしれない。

照代さんの苗字はなんだったかな……。

焦っているせいか思い出せない。

だけど商談などの仕事の話ではなく、お弁当を届けるだけだ。

晴政に一目だけでも会って、重箱を渡せたらそれでいい。

どうにかならないかと思い、美穂は視線を下げた受付嬢に頼み込む。

「私は山城晴政の妻なんです。お弁当を渡すだけなので、会わせてもらえませんか？」

顔を上げた彼女は明らかに不審なものを見るような目つきで、眉を寄せている。

「奥様ですか？　娘さんではなく？」

「あっ……その……そうです」

晴政は四十代なので、美穂は年齢的に娘くらいになるのだろう。顔立ちや服装のせいもあり、かなり若く見えるのかもしれない。

そんなに年の差がある夫婦なんておかしいと思われたみたいに感じて、美穂はうつむいた。その間に、受付の彼女は電話をかけ始めた。

「……秘書もつかまらないので、恐縮ですが、アポイントメントがないならお帰りください」

「でも……」

立ち上がった受付嬢はフロアにいた警備員に向かって手を挙げる。

男性の警備員が足早に近づいてきた。

社長夫人のわけがないと思われているのだ。このままでは追い出されてしまう。

焦りを募らせた美穂は声を上げた。

「待ってください！　本当なんです。私は山城晴政の妻なんです」

大きな声に反応した通りすがりの社員が、何事かと足を止めている。

手を出した警備員に遮られる格好になり、美穂は困惑した。

お弁当を渡したいだけなのに、それすら叶《かな》わないのだろうか。不審者に思われた美穂のほうが悪いのか。

「あの、それなら、お弁当だけでも……」

晴政に会えないのは仕方ないとしても、せっかく作ったお弁当だけは届けたい。

クーラーバッグに手を入れた美穂を、警備員は不審物だと思い違いをしたのか、腕を掴んできた。

「手を離しなさい！」

「えっ、待って、これは……」

揉み合いになり、取り出した重箱がクーラーバッグから転げ落ちる。

ガタン、と大きな音がした。

「あっ！」

床に落下した重箱はひっくり返ってしまった。

風呂敷に包まれているので蓋は開かないが、中身は崩れてしまっただろう。

青ざめた美穂は呆然とした。

だけどすぐに屈んで手を伸ばす。

すると、転がった風呂敷包みを掴んだ大きな手があった。

はっとした美穂が顔を上げる。

重箱の入った風呂敷包みを掬《すく》い上げたのは、晴政だった。

「晴政さん……」

「美穂。どうしたんだ」

彼は美穂に手を貸して立ち上がらせた。

夫の手にぎゅっと握りしめられて、安堵が胸に染み渡る。

「私……お弁当を作って、それを届けたいと思って、会社まで来たんです……。でも、不審者に間違われてしまったみたいで……ごめんなさい」

「謝らなくていい。偶然通りかかってよかった」

晴政は風呂敷包みを手渡すと、守るように美穂の肩を抱いた。

彼は呆気にとられている受付嬢と警備員に、険しい眼差しを向ける。

「彼女は私の妻だ」

「も、申し訳ございませんでした！」

彼らは深く腰を折り、頭を下げる。

晴政が来てくれたことにより、美穂が本当に社長夫人だと信じてもらえたようだ。

夫の腕の中で安堵したが、謝罪してもらうことが本意ではないし、美穂の対応にも誤解を招く要因があったのだ。

「いいの、晴政さん。私が会社に来ることを内緒にしていたのがいけなかったから」

鷹揚《おうよう》に頷いた晴政は、軽く手をかざした。不問に付すので業務に戻れという指示だ。

「社長室に行こう。――榊原、外へ食べに行くのはやめる」

「承知いたしました」

晴政に付き従っていた男性が、慇懃に答える。

彼は晴政の秘書だろうか。

ふたりはフロアを通り抜け、奥にある社長室へ入る。

社長室は窓から射し込む光に満ちた、静謐な空間だ。

革張りのソファに腰を下ろすと、隣に座った晴政はようやく肩から手を離す。

「なぜ連絡しなかった。ひとりで来るなんて大変だったろう」

「驚かせたかったの。照代さんはタクシーを呼ぼうとしてくれたんだけど、電車で来ました」

息を呑んだ晴政は、ショックを受けたように額に手を当てる。

だがすぐに真摯な双眸でまっすぐに見つめてきた。

「美穂は山城家の一員であり、社長夫人だ。きみの身になにかあったら、非常に大ごとに発展しかねない。なにより俺の心臓が潰れてしまう」

大げさではないかと思うものの、晴政は真剣だ。それだけ彼は美穂を心配してくれているのである。

頷いた美穂は夫に約束した。

「これからは気をつけます」

「そうだな。今後は安全のためにも、運転手付きの車を使うんだ。手配しておく」

つと思いついたように瞬きをした晴政は言葉を継ぐ。

「そういえば、俺にいいことがあると朝食のときに言っていたのは、このことだったのか？」

「ええ、そうよ。内緒にするって決めていたから、照代さんにも言わないよう頼んでいたんです」

「……それじゃあ、美穂が嬉しそうにしていたのは、弁当を作るという計画があったからなのか？」

なぜか晴政は熱心に確認する。

鼻先がくっつきそうなほど精悍な顔が近づいて、どきりとした。

美穂は素直に、こくりと頷く。

「うん。晴政さんが喜んでくれるかなって思うと嬉しくて、つい顔に出ていたかも」

「……そうか。そういうことだったのか」

何度も頷いた晴政は、胸を撫で下ろす。

美穂が思わせぶりなことを言ったせいで、彼はなんらかの誤解をしていたのかもしれない。

「どうかしたの？」

「いや、なんでもない。納得したんだ。俺を喜ばせるためだったんだな」

「でも……お弁当はもう食べられない状態かもしれません」

美穂は腕に抱えていた重箱を悲しげに見つめる。

ここまで持ってきたものの、落としたときに完全に逆さまになっているのだ。綺麗に並べたおかずは見るも無惨な状態になっているのではないか。

「そんなことはないだろう。開けてみよう」

わくわくした笑みを浮かべている晴政は、とても嬉しそうだ。

彼に喜んでもらうために作ったのだから、とりあえず開けてみてもよいだろうか。

「そうね……」

床に散らばったわけではないので、もしかしたら食べられる状態かもしれない。

晴政の笑顔に後押しされて、希望を持つ。美穂はテーブルに重箱を置いた。

梅模様の風呂敷をほどき、そっと上段の蓋を開ける。

ふたりは中身を覗き込んだ。

「……大丈夫かも」

思ったほど、ひどい状態ではなかった。

三段重ねの重箱はそれぞれ、おかずの位置がずれたくらいだ。きっちり詰め込んだので、それがよかったのかもしれない。

美穂は持参した箸を手に取り、飛び出しているウィンナーや野菜炒めをもとの場所に収める。

「よかった……。これなら食べられそう？」

穏やかな眼差しで見守っていた晴政は、深く頷く。

「もちろんだ。せっかくだから、〝あーん〟してもらおうかな」

「えっ」

晴政が甘えるようなことを言うので、美穂は目を瞬かせる。

『あーん』して食べさせるなんて、想像するだけで恥ずかしくなり顔が熱くなる。

「新婚なんだから、いいだろう？」

「そ、そうね。それじゃあ……」

玉子焼きを箸で摘み、晴政の口元へ持っていく。

形のよい唇を開けた彼は、玉子焼きを美味しそうに頬張った。

「うん、美味い」

「よかった」

「じゃあ、次はウィンナーだ」

「もう。しょうがないですね」

ふたりで声を弾ませていると、コンコンと社長室の扉がノックされる。

びっくりした美穂は、箸で摘みかけていたウィンナーから手を引いた。

「失礼いたします。お茶をお持ちしました」

先ほど晴政と一緒にいた榊原が、盆にふたり分の茶を持ってきた。

咳払いした晴政は、さりげなく美穂にてのひらを出したので、彼に箸を預ける。

さすがに部下の前でイチャイチャするのは憚られるようだ。

嘆息をこぼした晴政は、箸をかまえた。

「榊原……きみはいつもタイミングが絶妙だな」

「恐れ入ります」

しれっとして答えた榊原が、テーブルにお茶を置く。なぜか取り皿とフォークもふたつずつ用意された。

気まずくて苦笑いしている美穂に、彼は眼鏡の奥の双眸を向ける。

「奥様へのご挨拶が遅れました。社長秘書を務めております、榊原誠司と申します。以後、お見知りおきを」

「よろしくお願いします。榊原さん」

まるで貴族の執事みたいな完璧な礼をされ、かしこまった美穂は深々と頭を下げる。

眼鏡のブリッジを指先で押し上げた榊原は、「そうそう」と芝居がかって言った。

「奥様はスイーツがお好きとのことで、社長の指示を受けてわたくしが話題のスイーツを買ってまいりました」

「なんだと？」

流暢《りゅうちょう》に述べた榊原の台詞に、晴政が眉をひそめる。

いつの間に晴政が指示したのかはわからないが、食後のデザートがあるらしい。

「甘いものは好きだけど、なんでしょう？」

隣室へ行った榊原は、すぐに戻ってきた。彼はケーキボックスを手にしている。

慇懃に差し出されたボックスを受け取った美穂は、箱を開いた。

そこには艶々とした黄金色に煌めくエッグタルトが、ふたつ入っている。

「わあ！　エッグタルトですね」

「こちらのエッグタルトは女性に人気だそうでして、我が社のすぐ傍に店舗がございます」

そう言われてみると、ケーキボックスには有名店のロゴがあった。美穂は初めて食べるが、近頃話題になっているのは知っている。

「これ、食べてみたかったんです！　ありがとう、晴政さん」

「ああ……そうか。それはよかった」

なぜか気まずそうな晴政は、ちらと榊原を見やる。

視線を遮るかのように、榊原はてのひらで眼鏡を押さえた。

「常日頃は厳しい社長が奥様の前では別人のようですね。夫婦仲がよろしいのは大変喜ばしいことです」

「……榊原、きみも休憩したらどうだ」

晴政が気まずげに言うと、完璧な礼が返ってきた。

「それでは失礼いたします。なにかありましたら、お呼びくださいませ」

榊原が退出して扉が閉められる。

もしかして、食べさせるところを聞かれていたのかと思うと恥ずかしくなり、美穂の顔が熱くなる。

でも、いつもは厳しい社長である晴政は、美穂の前では甘い顔を見せてくれているのかもしれない。そう思うと、嬉しくて心が綻ぶ。

微苦笑をこぼした晴政は、ウィンナーを口に放り込んだ。

「榊原にやられたな。優秀な秘書を持って幸運だ」

「ふふ。そうですね」

事情はよくわからないが、晴政が笑顔なので美穂も嬉しい。

お茶をひとくち飲んでから、ふたつのエッグタルトを皿にのせる。どうやら取り皿とフォークが用意されたのは、このためだったようだ。

晴政は黙々と手作り弁当を食べ進めている。

社長ともあろう人が、ひっくり返った弁当なんて食べなくてもいいのに、彼は美穂の想いを無駄にしない。

その気遣いが身に染みた。

「うん。この野菜炒めも美味い。美穂は味つけが上手だな。俺の好みだ」

「そう？　ふつうの野菜炒めなんです」

絶賛されると面映くて、微苦笑を漏らす。

美穂の作った料理を食べ、褒めてくれるのは晴政だけだ。

「ふつうなんてことはない。特別な才能だ」

「もう。大げさなんだから」

室内には和やかな空気が広がる。

晴政に促され、美穂も箸を手にして自ら作った弁当を食べた。

やがて重箱は空になった。晴政は米粒ひとつすら残さずに、すべて食べ終える。

「妻の手作り弁当を食べられるなんて、俺は世界一幸せだ」

「私も……旦那様にお弁当を食べてもらえるのは、こんなに幸せなことなんだって、初めて知りました」

空の重箱の蓋を閉めた美穂は、幸せを噛みしめる。

エッグタルトがのせられた皿のひとつを晴政に手渡す。

せっかくなので美穂も一緒に食べることにした。

フォークで掬うと、まだ温かいタルトがほろりとする。カスタードの甘味が口の中いっぱいに広がる。

「美味しい！　初めてエッグタルトを食べたけど、こんなに美味しいんですね」

「俺も初めてだ。こういうのが流行なのか……。そうなるとスイーツではなく、なにか別の手土産にするべきだな」

「え、なんのこと？」

「いや、なんでもない」

ふたりは微笑みを交わしつつ、ともに食後のデザートを楽しんだ。

昼食を終えたあと、仕事の邪魔にならないよう、早々に帰宅する。帰りは晴政がタクシーを用意させたので、空の重箱とともに美穂は家まで送り届けられた。

照代に報告すると、アポイントの件はやはり照代がうっかりして自分の苗字を言ってしまったとのことだった。彼女は謝罪したが、きちんと確認しなかった美穂もいけなかったので、今後は晴政に直接連絡してから行こうという話にまとまった。

そのあと重箱を洗っていると、家の電話が鳴る。

電話に出た照代が「あら、旦那様。……はい……はい、承知しました」と話している声が聞こえた。

どうやら晴政からのようだ。どうしたのだろう。

ほくほくとした笑みを浮かべた照代がキッチンへやってくる。

「本日は急用ができましたので、これでお暇《いとま》いたします。北見さんもお休みということになりましたから。奥様はこのまま旦那様のお帰りをお待ちくださいませ」

「……え？　なにかあるの？」

今の電話で、晴政がなにか言ったのだろうか。

目を瞬かせる美穂に照代は「いえいえ」などと言いながら、にこやかな笑みを残して帰っていった。

北見も来ないということは、今夜の食事は用意されないのだ。ということは、美穂に夕食を作ってほしいという意味だろうか。

「だけど、それならそうと言わないのはどうしてかしら……」

なぜか照代は、なにもしないで待っているような示唆をした。それはもちろん、晴政の指示だろう。

首を捻った美穂は悩んだものの、薔薇に水やりをして過ごした。

やがて夏の陽射しが西に傾き、蒸し暑さが和らぐ。

結局、夕食の支度をしていないのだけれど、いいのだろうか。

美穂はテーブルに純白のクロスをかけてから、小さなフラワーベースの水を取り替える。いつかは薔薇を飾りたいと思っているが、今は花びらのような形の多肉植物を活《い》けている。

そうしていると、ガレージに入庫する車の音が耳に届いた。

晴政が帰ってきたようだ。

玄関へ出迎えに赴くと、ガチャリと扉が開けられる。

眩い夕刻の光を背負っている晴政は、端麗な笑みを浮かべていた。

今日はとても嬉しそうに見える。一緒にお弁当を食べたからだろうか。

「ただいま」

「おかえりなさい、晴政さん。――あの、夕ごはんなんだけど……」

「それなんだが、今日は外食にしよう」

「あ……そういうことだったのね」

外食することを、先ほど電話で照代に告げていたのだ。

でも、どうして照代さんは外食だって、はっきり言わなかったのかしら？

不思議に思ったが、きっと電話なので齟齬《そご》があったのだろう。

これから出かけることになるので、美穂は踵を返そうとした。

「それじゃあ、着替えてきますね」

「待ってくれ。そのままでいい」

「えっ、でも……食事はレストランでするんじゃないんですか？」

なぜか止めた晴政に、瞬きを返す。

美穂の服装は昼間と同じで、かなりカジュアルだ。

どういったランクのレストランなのかわからないが、晴政はスーツなので、釣り合いが取れないのではないか。

そう思ったけれど、晴政は極上の笑みを浮かべて言った。

「夜景の見えるレストランを予約してある。だが美穂はまだ、着替えなくていい」

「まだ……？」

「おっと。これ以上は言えないな。俺にエスコートさせてくれ。嫌だと言うなら、抱き上げて連れていくぞ」

冗談めかしてそんなことを言う晴政は大きく腕を広げる。

横抱きになんてされたことがないし、恥ずかしくて耐えられない。慌てた美穂は急いで靴を履いた。

「わかりました。すぐに行くから」

玄関を施錠すると、晴政とともにガレージに停めてあった車に乗り込む。

車を発進させた晴政は笑みを絶やさない。まるでこれから楽しいことが待っているかのように、うきうきとして見える。

美穂だって、夫と外食するなんて初めてなのでもちろん嬉しい。

けれど、晴政の含みのある言い方が気になり、なにかあるのかと首を傾げる。

大通りを走行した車は、都会のビルが建ち並ぶエリアに入る。

不夜城《ふやじょう》の明かりが夕暮れの残滓《ざんし》の中に煌めいていた。渋滞している車が発する赤いブレーキランプが、道標のごとく連なっている。

するりと美穂たちが乗った車は渋滞を逸れて、ホテルのエントランスへ向かう。

高級車やタクシーが次々に停車している車寄せでは、黒服のドアマンが対応していた。ラグジュアリーホテルのロビーからは煌びやかな光が溢れている。

「こ、ここで食事するの？　すごく高級そうなホテルなんですけど」

お見合いをしたホテルとは別のところだが、同等の格だと思える高級感が滲んでいた。

カジュアルな服で入ってもよいのかと、美穂は臆する。

エンジンを止めた晴政は微笑を浮かべた。

「ここも、うちのホールディングスが経営しているホテルだ。なにも心配いらない」

「あっ……そうなんですね」

山城グループはホテル事業にも携わっている。その一族なのに、系列のホテルかどうかもわからないなんて恥ずかしい。

もう少し、山城家や経営のことについても勉強しておかないと。

そう思っていると、エントランスに控えていたスタッフが足早に駆け寄ってきた。

「わかっていると思うが、美穂は自分でドアを開けないように」

「う、うん」

マナーとして、淑女はエスコートされなければならないのだ。

車を降りた晴政がスタッフにキーを預ける。助手席のドアを開けようとしたスタッフを、彼は軽く手を上げて遮った。

晴政が自ら助手席のドアを開け、こちらに向かっててのひらを差し出す。

その所作は貴公子然としていて、気品に満ちていた。

「俺の手を取るんだ」

にわかに緊張してきた美穂は返事すらできず、頷いた。

結婚指輪を嵌めた左手を彼に預けると、しっかり握りしめられる。

そのまま車から降ろされ、エスコートされて豪奢なエントランスをくぐる。

もう結婚しているのに、夫婦なのに、晴政がまるで大切な恋人みたいに扱ってくれるのが嬉しい。

ラグジュアリーホテルに一歩踏み込むと、そこには壮麗なシャンデリアがキラキラと光り輝く、夢のような世界が広がる。

吹き抜けのロビーは開放感に溢れていて、まるで宮殿のよう。

ブラックスーツをまとったスタッフがコンシェルジュデスクの傍に控えており、慇懃に礼をする。瀟洒なロビーラウンジからは、上品なさざめきが聞こえてきた。どこを見ても格式の高さがうかがえる。

晴政に手を引かれて、奥の階段へ向かう。

王族が通るかのような豪奢な階段を上ると、絨毯の敷かれた廊下を通った。

こちらは客室ではなく、レセプションルームなどがあるフロアらしい。

「晴政さん、レストランには行かないの？」

「その前に、この部屋に寄ろう」

ひとつのドアの前で彼は足を止めた。プライベートスペースのようだが、この部屋になにかあるのだろうか。

首を傾げたものの、晴政は楽しげな笑みを浮かべている。

彼が懐から取り出したカードキーをかざすと、ドアロックが外される。

晴政は扉を開けると、てのひらをかざした。

「先に入ってくれ」

「え……なにかあるの？」

「入ってみればわかる」

片目を瞑った晴政は、とても楽しそうだ。

なんだか恐い気もするけれど、夫を信じて部屋に足を踏み入れる。

美穂が薄暗いアプローチを通ると、床に赤いものが点々と続いているのが目に入った。

「あら？　これは……」

つと拾い上げてみると、それは薔薇の花びらだった。

まるで誘導するみたいに、花弁がひとひらずつ置いてあるのだ。

薔薇に導かれて奥へ入ると、パッとライトが点《つ》く。

その瞬間、鮮やかな赤に視界が彩られる。

「わあ……！」

部屋中を薔薇の花が占拠している。

真紅の薔薇の花束がいくつも置かれ、その隙間を埋めるようにピンク色の風船がディスプレイされていた。誕生日のお祝いのような華やかな空間に、心がときめく。

花びらのロードはフルハイトの窓まで続いていた。

煌びやかな夜景が望める窓辺には、プレゼントの箱が積まれている。タワーのようなそれは、いずれもハイブランドのロゴが刻印されているので、高価な品物ではないだろうか。

晴政を振り返ると、彼は嬉しそうに微笑んでいた。

「プレゼントだ。手作りの昼食の礼だよ」

「晴政さん……。もしかして、これを私に見せるために、食事だと言ったの？」

「食事をするのは本当だ。美穂を喜ばせようと思ってな」

彼がやたらと嬉しそうにしているわけを知り、美穂は驚きとともに安堵して、胸に両手を当てる。

なんて素敵な演出だろう。

驚きのあとに喜ぶのが、こんなにも胸がドキドキするなんて思わなかった。

なにより晴政が美穂を想って用意してくれたことが、こんなにも嬉しい。

「ありがとう……。私は晴政さんを驚かせようとしたけれど、それを返されたのね。

驚かされるほうがこんなにびっくりするなんて思いませんでした」

「サプライズは素晴らしいことだ。喜んでくれたか？」

「もちろんよ！　プレゼントをもらえるなんて……嬉しい」

薔薇の海を横に見ながら、プレゼントの山に近づく。

贈り物はなんだろうという期待に、胸が高鳴った。

心を躍らせながらリボンを引き、漆黒の箱を開ける。

布に包まれているものを取り出すと、そこには革製のハンドバッグが入っていた。美穂でも知っているクラシカルなデザインの有名な商品だ。

ほかの箱も開けてみると、上質なツイードのスーツやワンピース、スカーフにパンプス、ネックレスにイヤリングもある。どれもが一流のものとわかる品質だった。

しかも、ほかのハイブランドの箱も同じくらい積み上げられている。この一式をいくつも購入したのなら、かなりの金額になっただろう。

「これ、高いんじゃないの？　それもこんなにたくさん……」

真珠のロングネックレスが入った箱を手にした美穂は動揺した。

プレゼントは嬉しいけれど、晴政に大金を使わせるのは本意ではない。それにお弁当の礼としては、あまりにも高額すぎる。この部屋にあるすべてのものの金額を合わせたら、高級車が買えるほどではないだろうか。

「さほどでもない。これくらいは日常的にプレゼントするべきだった。今日は急遽《きゅうきょ》用意させたからスタッフに任せたが、今度は一緒にブティックへ行こう。そこで美穂の好きなものを選ぶといい」

さらりと言った晴政は、ロングネックレスを手に取ると、美穂の首にかける。

なんと彼は、さらに贈り物をするつもりでいる。

極上の輝きを放つパールネックレスにそっと触れた美穂は、背後に立っている晴政を見上げた。

「晴政さんの気持ちは嬉しいの。でも私は物はたくさんはいりません。もうここにあるものだけで充分だから」

「なぜだ？　バッグでも服でも、ほしいものはなんでも買えるんだぞ」

美穂は首を横に振る。

ほしいのは物ではなかった。着飾って虚栄心を満足させても、心の深いところは満たされないのではないか。

「贅沢がしたいわけじゃないから。晴政さんが一生懸命に働いて貯《た》めた財産を、私のために減らしてほしくないんです」

「美穂……。きみの慎ましさはとても魅力的だ。だが俺は、妻のほしいものをプレゼントしたい。物じゃなくても、なにかほしいものはないか？」

「ほしいもの……」

そう問われて、美穂はかつて渇望していたものがあったのを思い出す。

小久保家では虐げられた生活だったので、温かい家庭がほしかった。家族に愛されて、幸せな暮らしがしたいと願っていた。

でもそれは、すでに結婚して手に入れている。

今は穏やかに過ごせているので、とても幸せだ。

もしも、その上でほしいものがあるとしたら――。

赤ちゃん……かな。

脳裏を掠《かす》めたことに、恥ずかしくなった美穂はうつむく。

結婚できたら、赤ちゃんを授かって産んでみたい。それは美穂が子どもの頃から密《ひそ》かに思い描いてきた夢だった。

夫婦が愛し合った証として、子どもを得られたなら、この上ない幸せだろう。

だけどこればかりは授かりものなので、願って得られるわけではない。それに初夜さえないのに、晴政にプレッシャーをかけるみたいで言いたくなかった。

想いを吹っ切るように、美穂は笑みを見せる。

「別にないわ。晴政さんさえいてくれたら幸せだもの」

「そうか……。まあ、今すぐにというわけじゃない。思いついたら、いつでも言ってくれ」

美穂は頷いた。

いつか、晴政に自分の本音を言えるときが来たらいい。

もしこの先、子どもを授からなくても、初夜がなくても、晴政が傍にいてくれることに変わりはないのだから、それだけでよかった。

「そろそろ食事に行こう。隣にはドレスルームがあるから、そこで新しい服に着替えるといい」

「もしかして、このままでいいと言ったのは、プレゼントしてくれた服を着てレストランに行くためだったの？」

「そのとおりだ。俺のプレゼントしたものをまとった美穂が見たい」

彼の独占欲を仄かに感じ取り、顔が熱くなる。

服も靴もアクセサリーも、身につけるものすべて彼からのプレゼントというのが、心を躍らせた。

今まで困惑していたけれど、美穂の胸には感激が広がる。

プレゼントもレストランも、そのためのサプライズもすべて、妻を喜ばせようという晴政の愛情に基づいているのがわかったから。

「それじゃあ……着替えてみますね」

箱を手にした美穂は隣のドレスルームに入る。

壁に大きな鏡がある部屋は広々としていて、化粧台も設置されていた。

純白のツイードスーツに着替えてみると、サイズはぴったりだ。

それにパールネックレスを合わせ、おそろいのイヤリングもつけてみる。

それまでは凡庸だった自分が、輝いて見えた。

だけど見慣れないせいか、恥ずかしさもある。

化粧台で髪を梳き、メイクを整えた美穂は、晴政の待っている隣室に顔を出した。

「どうですか？」

ソファに座っていた晴政はすぐに腰を上げる。

美穂の姿を目にして、彼は相好を崩す。

「とても綺麗だ。スタイルがいいから似合うな」

「そ、そう？」

褒められて、顔が熱くなる。

美穂は決してモデルのような体型ではなく、標準的なのだが、夫に褒められると自信が持てる気がする。面映いけれど、嬉しかった。

「靴も履き替えるといい。ここに座るんだ」

すっと美穂の手を掬い上げた晴政が、ソファに導く。

上質なファブリックに腰を下ろすと、彼は箱からパンプスを取り出した。

美穂の足元に丁寧な所作でパンプスを揃えた晴政は、膝をつく。

え、と思ったときにはもう、大きな手が履いていた靴を脱がせていた。

「晴政さん……！　そんなことするなんて、いけません」

「なにがいけないんだ？　夫が妻の靴を脱がせるのは当然のことだ」

会社社長という地位の高い彼が跪くなんて、屈辱を伴うのではと思うのに、晴政は平然としている。

そういえば晴政は薔薇園でプロポーズするときも、靴ずれした美穂の足元に跪いて、絆創膏を貼ってくれた。

あれは求婚に応えてほしいからではなく、彼の優しさゆえにそうしてくれたのだと、あらためて感じる。

「プロポーズのときも、晴政さんはこうしてくれましたね……」

しみじみとつぶやくと、晴政は美穂の足にパンプスを履かせながら苦笑をこぼす。

「そうだったな。きみには庇護《ひご》欲を煽《あお》られるらしい。ほかの男に取られたりしないか、結婚した今でも心配だ」

驚いた美穂は目を見開く。

大げさに言っているのだとは思うが、美穂がほかの男となにかあるかもしれないなんて、晴政が考えていること自体にびっくりする。

「そんなわけないです。私には晴政さんしかいませんから」

「わかっている。きみがいい女だから心配しているだけだ」

両足にパンプスを履かせた晴政は、そっと手を離す。

バイカラーのレザーパンプスは柔らかくて履き心地がよい。

新しい服と靴を身につけると、心から生まれ変わったような新鮮な気持ちになれた。

「ありがとう。そんなことを言ってくれるのは晴政さんだけです」

「お世辞じゃない。さあ、これでいい。……レストランは個室を予約するべきだったかもしれないな。俺の美しい妻を誰にも見せたくない」

「……個室じゃなくていいですから」

ふたりで微笑みを交わし、晴政に手を取られて立ち上がる。

美穂の耳につけたパールイヤリングが軽やかに揺れた。

杞憂《きゆう》だと思った晴政の心配が、輪郭を持つことになるなんて、美穂はまだ知らずにいた。


部屋を出たふたりはエレベーターに乗り、最上階のレストランへ赴く。

モダンフレンチのメインダイニングは、エレガントな空間が広がっていた。

白を基調としたクラシックな室内を、橙色《だいだい》の照明が幻想的に彩っている。

晴政のエスコートで、パノラミックな夜景が広がる特上の席に案内された。

「綺麗ですね……」

まるで貴石をちりばめたような都会の輝きに、しばし見惚《みと》れる。

向かいに腰を下ろした晴政は目を細めて、景色を眺める美穂を見つめていた。

「喜んでくれてよかった。今日は記念のコースを予約してあるから、堪能しよう」

「記念……なんの記念ですか？」

「結婚して一か月の記念日だ」

はっとした美穂は、結婚記念日だったのを思い出す。

すっかり忘れてしまっていたのもあるが、これまでは誕生日などのお祝いをする習慣がなかったので、思い当たらなかった。

「そうでしたね。忘れていて、ごめんなさい。晴政さんに覚えていてもらえて嬉しいです」

「日頃は仕事が忙しくて、なにもしてやれないからな。開発中の新規事業が落ち着いたら、新婚旅行に行こう。高原の避暑地に、うちの別荘がある。そこでゆっくり過ごそう」

「避暑地に行くなんて初めてです。すごく楽しみ！」

晴政が多忙のため、新婚旅行は未定になっていた。諦めていたのに、まさか行けるなんて思ってもみなかったので、予想外のことに喜びが弾《はじ》ける。

慇懃なウェイターが持ってきたフルボトルワインが、卓上のフルートグラスに注がれる。

黄金色のスパークリングワインが細やかな気泡を立ち上らせているのが美しい。

ふたりはフルートグラスの柄を摘み、軽く掲げた。

「結婚記念日に乾杯」

「乾杯。これからもよろしくお願いします」

グラスを傾けて、ワインを口にする。フルーティーな味わいが口の中いっぱいに広がった。

美しいテーブルセッティングをさらに彩るように、宝石みたいに繊細なオードブルが提供される。

ワインのペアリングとともにいただくフルコース料理はどれも極上の美味しさだ。オマール海老《えび》やキャビアなど最高級の食材が、シェフの手により芸術品のごとき料理に仕上げられている。

メインディッシュは黒毛和牛のグリエにトリュフソースを絡めて。

上品な仕草でナイフとフォークを操る晴政の手元が、きらりと明かりに煌めく。

結婚指輪を嵌めた左手の袖口に光るのは、ダイヤモンドのカフスボタンだ。

ホテルで初めて会ったときに、美穂が拾ったものである。ふたりの思い出のカフスを大切にしてくれていると思うと、愛しさが込み上げた。

美穂がまだ幼い頃、パーティーで知り合った男性がこれと似たものをつけていたのを思い出す。

すべてをつぶさに覚えていたわけではないけれど、ダイヤモンド、ショコラ、そして親切にしてくれた男性と、それぞれのピースが今になってつながる。

優しく話しかけてくれた彼は確か〝ハル〟と名乗っていた。冗談だろうけれど、美穂が大人になったらダイヤモンドをあげるとハルは言っていた。それはまるでプロポーズのように受け取れなくもない。

晴政さんが、ハルさんだったりして……。ううん、まさかね。

きっと偶然だろう。同じデザインの品はたくさんあるわけだし、似たような名前の人は珍しくない。

それに晴政さんがハルさんだとしたら、私に話しているはずよね……。

でも、運命的なその人が、晴政ならいいのに。

子どものときのことだし、一度きりしか会っていないが、ほかの男性との約束を今も特別な思い出として抱えているとわかったら、晴政もいい気はしないだろう。だからこのことを、美穂は黙っていようと思った。

私からも、晴政さんになにか贈り物をしたいな……。

お弁当だけでなく、形に残るものをプレゼントして、彼を喜ばせてあげたいと思った。

とはいえ、晴政は大抵のものを手に入れられる財力があるわけなので、なにがよいのだろう。

濃厚な赤ワインのグラスを傾けている晴政に問いかける。

「晴政さんは、ほしいものはなにかある？」

「特にないな。美穂がいてくれるだけで充分だ」

予想どおりの返事に苦笑をこぼす。和牛の艶やかな赤身をフォークで刺すと、とろりとトリュフソースが蕩《とろ》けた。

「参考になりませんね」

「プレゼントのお返しはいらないぞ。そういうつもりで贈ったわけじゃないからな」

「お礼じゃなくても、誕生日プレゼントはどう？　晴政さんが生まれたのは、ええと……」

「十月だが、誕生日を祝ってもらうような年じゃない」

「そんなことありませんよ。いくつになってもお祝いしてあげたいもの」

穏やかに会話していた、そのとき。

テーブルに近づいてくる人影が目の端に映る。

つと視線を向けると、若い男性が話しかけてきた。

「やっぱりそうだ。こんばんは、叔父さん」

カジュアルな麻のジャケットを着ている男性は、親しげに晴政に挨拶した。

彼の年齢は美穂と同じくらいで、明るい茶色の髪を跳ねさせた美男子だ。

え……ハルさん？

思い出の中のハルと顔立ちが似ている気がして一瞬、ぎくりとする。

叔父さんということは、晴政の親戚だろうか。

「威風《いふう》じゃないか。――デートか？」

威風と呼ばれた男性に答えた晴政は、彼の座っていたテーブルを見やる。

少し離れたその席から、品のよさそうな若い女性がこちらに向かって会釈をした。

だが威風は苦笑して肩を竦める。

「まあね。でも恋人じゃないから。ただの女友達だよ」

「まったくおまえは……。美穂、甥の威風だ。姉の息子だよ。結婚式にも招待しているが、覚えているか？」

紹介されて、美穂は思わず頷く。

そういえば、彼から披露宴で挨拶を受けていた。晴政には兄と姉、それに弟がおり、兄姉の子どもたちはすでに成人している。

「ええ。――こんばんは、威風さん」

「やあ、美穂さん。なんだか今日はすごく綺麗だね。なにかあったの？」

まるでいつも会っているかのような気軽さだ。

威風にとって美穂は叔父の妻ではあるものの、同年代なので友人みたいな感覚になるのだろう。

「お洋服のせいじゃない？　これ、晴政さんがプレゼントしてくれたスーツなんです」

「ふうん。ドレスのときも可愛かったけど、こういうハイブランドも似合うね。おれの好きなタイプだよ」

可愛いとか好きと言われて、困惑する。

彼が言っているのは服のことだとは思うが、まるで美穂に気があるようなそぶりなのは考えすぎだろうか。

晴政が咳払いをこぼしたのを、ちらと見た威風は口端を引き上げた。

「じゃあ、また」

さっと手を上げた彼は自分のテーブルへ戻っていく。

その後ろ姿を見送った晴政は嘆息を漏らした。

「不肖《ふしょう》の甥で困っている。威風には会社の重要なポストを任せているのに、あいつが興味あるのは女遊びばかりらしい」

そう言いながらも、甥が可愛いのだなというのは晴政の口調に滲み出ていた。

微笑んだ美穂は、運ばれてきたアイスクリームとフルーツのデセールを食べるため、スプーンを手にする。

「私は親戚に縁がなかったから、山城家の人たちと仲良くしたいと思ってます」

「うん？　威風が気に入ったのか？」

紅茶のカップを傾けた晴政は、微苦笑を交えながら咎めるように言う。

彼が本気で嫉妬しているわけはないけれど、美穂は唇を尖らせた。

「そんなわけありませんよ。私の旦那様は晴政さんですから」

「わかっている。若い男に取られないかと心配なだけだ」

独占欲が強い晴政に困りつつも、美穂は頬を緩めた。

威風が気に入ったなんてことはないが、ハルに似ているのでそれが気にかかる。

もしかしたら、二十代の頃の晴政は威風みたいな顔立ちだったのではないか。年齢的にも合致すると思うが、確証はなかった。

「ねえ、晴政さん。昔、パーティーで……」

思わず言いかけたが、スプーンからバニラアイスがとろりと溶けたことで、はっとなる。

言ってどうするのだろう。

もし人違いだったら、とても失礼なことになる。

たとえ本人だとしても、彼にとっては些細なことで、もう覚えていないかもしれない。あの人は晴政なのかもと思っておきたかった。彼に確認しなければ、そういうふうに想い続けられる。

だから聞かないほうがいいのかもしれない。

黙り込んだ美穂に、晴政は不思議そうに訊ねた。

「どうした?」

「ううん。なんでも……なにを話すのか忘れたの」

「そうか。忘れるということは些末なんだろう。今夜は夜景を楽しむといい」

微苦笑を浮かべた美穂は頷く。

ハルとの約束は、些末なのだろうか。彼はあの場限りのでまかせを言ったのか。

仄かな照明が、晴政の袖口のダイヤモンドを輝かせていた。

夜景の煌めきは、静かに宵闇を照らし続けている。

# 第四章　ダイヤモンドの正体

ディナーを楽しんだ夜から、数日が経った。

晴政にプレゼントしてもらった品々はクローゼットに保管している。もったいなくて日常では使えないので、記念日などにまた身につけようと考えていた。

ウォークインクローゼットで、晴政から贈られた純白のスーツを見つめた美穂は微笑む。

夫婦で使用しているウォークインクローゼットは一部屋ほどの広さだ。「ここに美穂が買った服やバッグをすべて置いていい」と晴政からは言われているけれど、美穂は物欲が乏しいので、必要最低限のものしか買わない。

まだ充分に空きのあるクローゼットにしまわれているのは、ほぼ晴政のジャケットなどだ。

「今日はどのスーツにしようかしら」

毎日晴政が着るスーツは美穂が選ぶことになっていた。ディナーの次の日からだ。

夫のためになにかしてあげたいので、選びたいと申し出ると、晴政は快く受け入れてくれた。
こうして、少しずつ互いの距離が縮まっていくのが夫婦なのだろう。
グレーのスーツを選んだ美穂は、ハンガーから外す。本日のシャツは白にした。
それから、ネクタイとカフスボタンも合わせて選ぶ。
「ネクタイは濃紺にして……。カフスボタンはやっぱりこれね」
ふたりの思い出の、ダイヤモンドのカフスボタンを手にする。
夫のコーディネートを選ぶのは、とても心が躍る。
晴政はネクタイはたくさん持っているが、カフスボタンはさほどの数はない。
ダイヤモンドのカフスは特別に豪華なものだ。
一式を持った美穂は、隣の寝室へ入る。
「晴政さん、起きて。もう朝ですよ」
朝に弱いわけではない晴政だが、疲れているのか寝起きが悪いときもある。
昨夜も仕事で帰りが遅かったのだ。
もう少し寝かせてあげたいけれど、もう時間なので、美穂は夫を優しく起こす。
まだベッドで微睡《まどろ》んでいる彼の肩を、そっと揺すった。
手に触れたシルクのパジャマから、晴政の体温が伝わってきて、どきんとする。

「うーん……」

寝ぼけているのか、晴政は美穂の手を掴んできた。

そんなに強い力ではないが、ぐいと引かれて、彼の寝顔が間近に迫る。

もしかして、ベッドに引きずり込まれる……？

予感した途端に、どきどきと心臓が駆けていく。

晴政は長い睫毛を震わせて、薄らと瞼を開けた。

「む……何時だ？」

「まだ七時だから、大丈夫よ」

一瞬、緊張を走らせた晴政は時間を聞くと、脱力してベッドに沈む。

するりと美穂の手を離したので、なんだか寂しいような気持ちがしたが、それを押し込めた。

すぐに身を起こした晴政はベッドを下りる。

「今日は重要な会議がある。帰りも遅くなりそうだ」

「わかりました。でも朝は食べていってね」

パジャマを脱いだ晴政は用意したシャツをまとい、着替えを始めた。美穂はジャケットだけを持ってリビングへ行く。

晴政が話していた案件が佳境を迎えているらしく、近頃は夕食をともにできていない。

でも寂しいなんて言ってはいけない。

妻として夫を支えるのは当然だし、晴政は美穂を顧みないわけではない。ちゃんと美穂を大切にしているから、たくさんのプレゼントをしてくれたし、ディナーに連れていってくれたのだから。

ぎゅっとグレーのジャケットを握りしめる。

リビングではすでにエプロンをつけた照代がテーブルを拭いていた。

「おはようございます、奥様」

「おはよう、照代さん」

「旦那様はすぐに会社に行かれるんでしょうか？　最近、お忙しいですものね」

なぜか照代は、そわそわしている。

どうかしたのだろうか。

「ううん。朝食は取るみたい。でも、どうして？」

「ちょっとだけ、旦那様にお話があるんです。北見さんとも話したんですけどね……」

「え……なにかしら」

そのとき、支度を済ませた晴政がリビングに現れる。所定の位置に置いてある新聞を手にした彼は、ソファに座った。

そこへ、かしこまった照代が声をかける。

「旦那様、折り入ってお話があるのですが……」

「なんだ」

「実は、うちの主人が入院したんです。それで病院に見舞いに行くと、あの人ったら毎日あれ持ってこいとかワガママを言って、わたしがいないと看護師さんに八つ当りして迷惑をかけてまして……」

「要点を話してくれ」

新聞を開きかけている晴政は無表情で言う。

ふたりの話を聞きつけた北見がキッチンから出てきた。

彼は黙して照代の後ろに立つ。

「ですので主人が退院するまで、しばらくお休みをいただきたいんです」

「いいだろう。ご主人が入院しているのなら大変だ。のちほど見舞いをする」

新聞を開こうとした晴政だが、そこで北見が口を開いた。

「旦那様、自分からもご相談したいことがあります」

「今日は北見は休みを取っていたはずだが、どうした？」

「近頃の旦那様は朝と晩を召し上がらないことが多く、用意をする側としては調整が難しく、自分のスタンスとしてこのままでよいのかと悩んでいたところ……」

「珍しく饒舌《じょうぜつ》だな。結論を言ってくれ」

「知人のレストランからスカウトされているので、そちらと並行してもいいですか。ただ新規開店のレストランなので、あちらの準備にしばらく集中させていただきたいんです」

「なるほど」

嘆息をこぼした晴政は閉じた新聞を脇に置いた。

ふたり同時に来ないとなると、家のことが回らないと彼は危惧しているのだ。

「しかし、代わりの人材を探すのもな……」

「私が食事を作ります！」

美穂が言うと、晴政は瞠目する。

妻として、彼のために食事を作ったり、掃除をしたい。

これまでも照代が休みの日は美穂が家事をしていたので、まったくなにもしていないわけではなかった。毎日であっても、慣れているので苦にはならない。

「だが、照代さんもいないんだぞ。食事だけでなく、家事のすべてをやることになる」

「かまいません。晴政さんがお仕事している間、私がこの家を守ります」

決意を込めて晴政を見やる。

彼は美穂の眼差しを受けて、鷹揚に頷いた。

「いいだろう。ひとまず任せる」

「ありがとう！　頑張りますね」

「気負わなくていい。それなりでいいんだ。もし大変なときは家政婦を雇う手配をする――」

晴政が話していたそのとき、ポケットに入れているスマホが鳴った。

彼は即座に電話に出る。

「榊原、どうした。……なんだと、すぐに行く」

秘書の榊原からだ。なにやら急な用事ができたらしい。

電話を切った晴政は立ち上がった。

「ちょっとしたトラブルが起こった。朝食はいらない」

すぐに会社に行かなければならないようだ。

慌てて夫のジャケットを手にした美穂は、それを着せかける。

晴政は自ら鞄を持つと、玄関へ向かった。

「いってらっしゃい。気をつけてね」

「ああ」

慌ただしく出社する夫を見送り、ふうと息をつく。

これでは落ち着いて話している暇もない。

もっとも、今のプロジェクトが一段落したら、時間は取れるだろうけれど。

一緒に見送った照代が、申し訳なさそうに頭を下げる。

「すみません、奥様。急な話になりまして。どうにか両立しようとは思ったんですが……」

「いいのよ。なんとかなります。今は旦那さんが回復することのほうに専念してくださいね」

美穂は本来、家事が嫌いなわけではない。

小久保家では目が回るほどの忙しさで、誰も手伝ってくれないことを嘆いていたが、あのときとは違う。

晴政のために掃除や洗濯、食事を作るなどの家事を、むしろやりたいと思っていた。

「そうですか……。いつでも山城家の実家からですとか、家政婦をよこせますから、大変なときは旦那様に相談してくださいね」

「ええ、わかりました」

後ろに来ていた北見も無表情に言った。

「自分も要請があれば伺います」

「お願いしますね」

ふたりは美穂を見放すわけではない。それぞれの都合でほかの仕事をしなければならないのだ。望みさえすれば、いつでも手を貸してもらえるという環境に感謝した。

その後、ひとりきりのダイニングテーブルで朝食を食べ終える。

やはり晴政と食べられないと寂しいし、北見も作った甲斐《かい》がないだろうと思う。

そのとき、ピンポーン……と、玄関の呼び鈴が鳴る。

晴政が忘れ物でもしたのだろうか。それにしては呼び鈴を鳴らすなんておかしい。

リビングにいた照代がインターホンで対応する。

「あら、威風坊ちゃまじゃありませんか」

威風という名前で思い出したが、ディナーした日に会った晴政の甥だ。

照代は以前、山城の実家の家政婦だったそうなので、威風のことも昔から知っているのだろう。

リビングへ行くと、ラフなシャツ姿の威風が堂々と入ってきていた。

「やあ、美穂さん。どこか遊びにいかない？」

気軽に誘うが、会社はどうしたのだろうか。

今日は平日なのに、威風はノーネクタイで、髪もまとめていない。

「遊びにって……威風さんは、仕事はどうしたの？」

「おれの部署は暇なんだ。まあ、午後から出勤するつもり」

「今は新規事業で大変なときなんでしょう？　晴政さんはとっても忙しそうなのに、遊んでいていいの？」

「美穂さんは親みたいなこと言うなぁ。おれと同じで二十四歳だろ？　タメなら説教はなしでいこうよ」

山城グループの一員として責任ある仕事を任せられているだろうに、せめて真面目に出社するべきではないか。

呆れた美穂は、スマホを取り出していじっている威風に言った。

「遊びには行かない。私は家事があるの」

「なんで家事なんかやるの？　照代さんがいるだろ」

「照代さんは明日からお休みするのよ。だから私が家のことをしなくちゃならないんです」

「じゃあなおさら、今日は羽を伸ばそうよ。とりあえずカフェでお茶しよう」

どこかに電話をかけた威風は、相手と話し出す。

「もしもし、叔父さん？　今、叔父さんのうちにいるんだけどさ、美穂さんと出かけてくるよ。……うん、そうそう……カフェに行くだけだから。……わかった。じゃあね。……あー、はいはい」

電話したのは晴政らしい。

トラブル対応で忙しいところだろうに、呑気に私用を話している場合ではない。

スマホをかざした威風は、わざわざ美穂に通話履歴を見せた。

「というわけで、叔父さんの許可は取ったから行こうか」

「……今日だけよ」

晴政の甥なので、無下に扱うわけにもいかない。

どうにも調子のよい威風だけれど、カフェでお茶するだけならいいだろう。

照代に出かけてくることを伝えた美穂は、威風とともに家を出た。

威風の赤いレトロカーで連れてこられたのは、街中のおしゃれなカフェだった。

まだ午前中のためか、テラス席には誰もいない。

ふたりは木々の緑が見えるオープンテラスに腰を下ろす。

「みんなが仕事してる時間にデートするのって最高だよね」

「……デートじゃないから。誤解を招くようなこと言わないでよ」

「おれは、ふたりきりのパターンは全部デートだね」

お金持ちのお坊ちゃまらしい悠然とした言動は憎めないところがある。

水を持ってきたウェイターに、カフェラテをふたつ注文した。

すると、威風のスマホが着信音を鳴らした。

どきりとした美穂は、晴政ではないかと思い、期待と不安が入り交じる。

だが威風は、つまらなそうにスマホを眺めると、画面を美穂に向けた。

「叔父さんだと思った？　ざんねん」

そこには女性の名前が表示されている。

晴政ではなかった。

息をついた美穂を目にしながら、威風は通話をせずに電話を切る。

「……えっ、どうして切ったの？」

「そりゃあ、美穂さんを優先させたいからだね。この間、ディナーで一緒にいた女友達だよ」

「そんなことして、彼女から嫌われない？」

「嫌いになればいいさ。どうせ金目当てだろうしね」

彼女に対して本気ではないだけかもしれないが、威風は女性が喜びそうな言葉を投げかけるわりに飄然《ひょうぜん》としている。彼くらいの美丈夫で、しかも山城グループの一員とくれば、女性のほうが放っておかないだろう。

ウェイターがやってきて、ふたつのカフェラテを置く。表面には繊細なリーフがラテアートされていた。

カップを手にした威風は、美穂に悪戯めいた眼差しを向けた。

「美穂さんはよく叔父さんと結婚する気になったね。十七歳差だろ？　やっぱり金目当てなの？」

「ち、違います！　私は晴政さんの人柄を好きになったのよ」

ぎくりとした美穂は慌てて否定する。

だけど美穂だって、金目当てに違いないのだった。

晴政が資金援助してくれたことにより、父の会社は持ち直した。父と何度か電話で話したが、会社も小久保家もうまくやれているようだ。それもすべて晴政に財力があり、援助することを彼が承諾したからである。

もちろん、晴政の人柄を好きになったのは嘘ではないけれど。

後ろめたいような気持ちでカフェラテを飲む。

威風はそんな美穂の心中を見透かしているようで、笑みを浮かべている。

「ふーん。人柄ね。叔父さんの昔の彼女も、そんなこと言ってたなぁ」

「……え。昔の彼女って？」

投げかけられた不穏な言葉に、目を瞬かせる。

晴政さんの、昔の、彼女……？

そんな人の話は聞いたことがない。もっとも美穂から訊ねたこともないのだが。

すると威風は、さらりと話した。

「あれ、聞いてない？　叔父さんが若い頃、結婚するはずの彼女がいたんだよ。まだおれが小学生のときだったから、十五年くらい前かな。山城の実家に連れてきてたよ」

美穂が手にしたカフェラテのリーフが、小刻みに揺れている。

知らずに手が震えているからだった。

息を止めていた美穂は、ひとつ瞬きをした。

「……聞いてない。けど、その人とは破談したってこと？」

「そういうことだろうね。結婚しなかったわけだから。ほら、叔父さんがよくつけてるダイヤのカフスボタンがあるだろ？　あれ、彼女からのプレゼントなんだよ」

「……えっ⁉」

衝撃的なことを知らされて、美穂は目を見開く。

晴政が大切にしているダイヤモンドのカフスボタンが、まさか昔の彼女からのプレゼントだったなんて。

男性に本物のダイヤモンドを贈るなんて、相当な気持ちがなければできないことだ。女性に婚約指輪を贈るくらいに、ふたりの恋愛が本気だったのがうかがえる。

しかも十五年前だとすると、晴政が二十六歳のときのことで、今の美穂とほぼ同じ年齢である。

男性としても適齢期だ。結婚や将来を真剣に見据える年頃だろう。

その当時の晴政が、恋人と結婚を望んでいたと想像すると、胸が引き絞られるように痛んだ。

そんなことはまったく知らずにいた。

美穂より晴政は十七歳も年上なのだから、当然のごとく過去には結婚を考える女性がいたのだ。

それなのに、美穂は彼の唯一の女性だと思いたいから、今までそのことに目を背けていたのだと自覚させられる。

あらためて事実を突きつけられると、ショックだった。想像するだけで、鉛が痞えたかのように胸が重苦しくなる。

視線をさまよわせた美穂はカップを置いた。

どうか威風の思い違いであってほしい。

「……本当に？　その彼女からのプレゼントだって、どうしてわかるの？」

「そりゃわかるよ。叔父さんがいつもあのダイヤをつけてるから、気に入ってるのかって聞いたら『これには特別な思い出がある』って言ってたんだ。きっと四月の誕生石だからなんだろうな」

「誕生石……？　晴政さんは十月生まれよね？」

確かにダイヤモンドは四月の誕生石だが、晴政が生まれたのは十月なので、彼の誕生石はオパールのはずである。

「だからさ、彼女が四月生まれなんだよ。ダイヤのネックレスとかつけてたから、そういうアピールなんじゃない？　ダイヤの婚約指輪で返してほしいみたいな」

美穂の顔から血の気が引いていく。

あのダイヤモンドの正体は、晴政さんの好きな人だったんだ……。

ふたりの思い出のカフスボタンだと思っていたものが、昔の恋人からの贈り物だなんて、残酷すぎる。しかもダイヤモンドが彼女の分身だとしたら、美穂は喜んでほかの女を晴政に宛てがっていたようなものではないか。なにも知らなかった自分が滑稽すぎて呆然とした。

どうして晴政はなにも言ってくれなかったのだろう。

どうして、お見合いの日にロビーで、あのカフスボタンを拾ってしまったんだろう。

なぜふたりが破談したのかはわからないが、晴政が今も彼女に未練があるのは明白だった。だって、あえて見合いの日に、あのダイヤモンドをつけてくるのだから。

彼女の分身を連れてくるということは、誰にも心をやらないと宣言しているのも同義だ。

美穂の心中なんて気にしないのか、威風は軽やかに話を続ける。

「女性って誕生石をけっこう気にするよね。六月の真珠くらいならともかく、四月だとダイヤを要求されるから、四月生まれだって聞いたらおれは避けるなぁ」

「……それで、どうしてその人とは破談したの？」

「さあね。おれもそこまでは知らないな」

十五年前の話なので、威風も詳しいことまではわからないらしい。

美穂の胸のうちに黒い靄《もや》がわだかまった。

もしかして、晴政さんは、本当はその人と結婚したかったの……？

そう思うと、もうカフェラテのカップを持つことすらできなかった。

動揺を押し込めるのに精一杯になり、威風が話を変えても耳を素通りした。


カフェで話したあと、威風から映画に誘われたが、体調が優れないと言って家まで送ってもらった。

そのあとは園芸をする気にもなれず、ぼんやりとソファに座っているうちに日が暮れた。

照代が挨拶して帰ると、しんと静まり返った家の中は物音ひとつしない。北見はもとから休日だったので、とうに帰っていた。

誰もいないと世界にただひとりきりかのような孤独感に襲われる。

晴政さんは、今でも彼女のことが好きなの……？

自分は妻のはずなのに、一体なんなのだろう。結婚できなかった恋人の代わりということなのか。飾りというだけの妻なのか。

ぐるぐると思い悩んでいた美穂だったが、外が暗くなるにつれて、すうっと憤りが心の底に沈殿した。

だが、なくなったわけではなかった。

まだなにも解決していない。

解決できなかった。晴政の過去に介入できないのだから。

そんなふうに考えていたとき。

突然、電話の呼び出し音が室内に鳴り響く。

びくりと肩を跳ねさせた美穂は、慌てて受話器を取った。

「――はい。山城です」

『美穂か。俺だ』

晴政からだった。

朝までは夫を愛しいと思っていたはずなのに、今はどうやって彼と話したらいいのか、わからなくなっている。

彼の声を聞いた途端、美穂は激しく動揺した。

誰もいないのに視線をさまよわせ、言葉が喉元から出てこない。

だけど、そんな美穂の様子は見えないので、晴政は平静に言った。

『今日も忙しくて、帰るのが遅くなる。俺の分の夕食はいらない』

「……そう」

美穂はようやくそれだけを喉から絞り出す。

夕食のことなんて忘れていた。

照代も北見もいないので、夕食はすべて美穂が用意しなければならない。自分が家事をすると宣言したばかりなのに、なにも準備していなかった。

晴政の過去の話を聞いてから、頭が混乱して心は掻き乱されている。ほかのことがなにも考えられなかった。

話したいことはいろいろあるのに、どう切り出せばよいのかわからない。そもそも電話では言えない内容だ。

でも、話したい。晴政の心中を今すぐに知りたい。

黙っている美穂に不審なものを覚えたのか、晴政が問いかけてきた。

『どうした。なにかあったのか？　威風からは無事に家まで送り届けたと聞いている』

「あの、威風さんから聞いたんだけど――」

言いかけたとき、受話器の向こうから、ほかの男性の話し声が聞こえてきた。

すぐ傍で榊原が誰かと会話している。

仕事が忙しい合間を縫って電話したのだ。やはり、込み入った話ができる状況ではない。

「ごめんなさい。なんでもないの」

『そうか。じゃあな』

あっさりと電話は切れた。

まるで晴政が美穂に興味がないことを表しているように感じてしまう。

そんなわけはないと普段なら思い直すのに、ダイヤモンドの正体を知ってからでは、夫婦の絆《きずな》を信じることができなかった。

晴政は今、ダイヤモンドのカフスボタンをつけている。

なぜなら美穂が今朝、自分で選んだから。

夫が大切な恋人を傍に置いて、しかもそうしたのが自分だなんて、やりきれない思いでいっぱいになった。

結婚の一か月記念でディナーをしたときに見た、夜景の煌めきが瞼の裏によみがえる。

豪華な食事もプレゼントも嬉しかったけれど、なによりも美穂を感動させたのは、晴政が妻を気遣ってくれる思いやりだった。

妻として大切にしている――。

その想いが彼の優しい眼差しに表れていた。夫の愛情を感じることができた。

それなのに、晴政と楽しく過ごしたあの時間がまぼろしのごとく霞《かす》んでいく。

眦から涙をこぼした美穂はそれを拭う気にもならず、寝室へ向かうと布団にくるまった。

もしかしたら、あのときのハルは晴政かもしれないと、運命を感じて舞い上がっていた自分が馬鹿みたいだった。そんな赤い糸なんて存在しなかった。

その証拠に、ハルはダイヤモンドのカフスボタンを「男物だから」という理由で、美穂にあげるのを断っていたではないか。

あれはつまり、彼女からもらった大切な品だからあげられないということだったのだ。

だけどもはや晴政がハルなのかは、どうでもよかった。むしろあの出来事は晴政とは切り離して、綺麗な思い出としてしまっておくべきなのかもしれない。

もしやハルなのでは……と思うから、期待を持ってしまうのだ。

そして自分は愛されていないという悲しい事実を突きつけられることになる。

しばらく枕を濡らしていたが、いつの間にか寝入ってしまったらしい。

かすかな物音がして、微睡みから目覚める。

「……美穂。具合が悪いのか？」

そっと晴政から声をかけられた。

もう彼が帰宅する時間になっていたらしい。

どんなに遅くなっても、いつも玄関まで出迎えていたのに、ベッドに寝ているなんて、これまではありえないことだった。

泣きすぎたためか、頭が重い。話す気にもなれず、美穂は「うん……」と曖昧な返事をした。

「食事はしていないのか？　薬は？」

「……ん」

心配してくれる晴政は、美穂が病気だと信じているようだ。

怠惰な妻を叱りもしない。自分が情けなくなり、美穂は顔を上げられなかった。

「そのまま休んでいるんだ。俺はシャワーを浴びたら寝るが、具合が悪化したらいつでも呼んでくれ」

優しい言葉をかけられて、胸が締めつけられる。

だけど今すぐに、彼のカフスボタンを取ってしまいたい衝動に駆られた。

それを美穂は、ぎゅっと唇を引き結んで耐えた。

晴政がベッドサイドを離れ、寝室を出ていく。シャワーを浴びて着替えるためだろう。

過去のことを問い質《ただ》すべきか、美穂は枕に顔をつけながら悩んだ。

この胸のわだかまりを消し去りたいとは思う。

だけど浮気ではないので、妻だからといって過去の恋愛にまで口を出してよいものか。

晴政と少しずつ打ち解けてきていたと思ったけれど、やはり美穂が彼に見合わないから、このように思い悩むことになるのだろうか。立派な妻なら毅然《きぜん》としているのかもしれない。

私には、気にしないで堂々としてるなんてできない……。

でも彼に嫌われたくないという思いがあるので、面と向かって言えなかった。

それに、晴政は多忙な時期なのだ。

深夜にまで仕事が及んで疲労が溜まっているのに、家に帰ってからも夫婦の問題を片付けなければならないときたら、休める場所がなくなってしまう。

彼に不満をぶつけてはいけない。

美穂は、過去の恋人のことを晴政に話すのはやめにした。

少なくとも今は、言わないでおこう。彼が心労を重ねるのは本意ではない。それに話したところで、過去は変えられないのだ。

それが夫婦として正しいのかはわからないけれど、口を開いたら、感情的になって喚《わめ》き散らしてしまいそうで恐かった。

そんなふうに考えていると、晴政が寝室に戻ってきた。

美穂は身動きせず、寝たふりをする。

彼は美穂の様子を傍で確認すると、自分のベッドに入る。

すぐに安らかな寝息が聞こえてきた。疲れているからか、晴政はもう眠ったようだ。

むくりと起き上がった美穂は、寝室の隣にあるクローゼットへ入る。

まっすぐにジュエリーケースの引き出しを開け、臙脂《えんじ》色のケースを取り出す。いつもどおり、そこにダイヤモンドのカフスボタンは収められていた。

「もしかして、初夜がないのは、その人を今も好きだからなの……？」

晴政は本当は、その女性と結婚したかった。

だから美穂とは夫婦関係を持たずに、恋人に操を立てているということなのか。

そう思うとたまらなくなった美穂は、カフスボタンを投げ捨てようと手を伸ばす。

こんなものがあるから、晴政はいつまでも昔の恋人を忘れられないのではないか。

だけどダイヤモンドに触れようとして、思い留《とど》まる。
本当は、わかっている。
ダイヤモンドがあるからじゃない。
これを処分しても、晴政の心から昔の恋人が消えるわけではない。
美穂は静かに腕を下ろした。
私だけを愛していると言ってほしい……。
晴政が好きだから。夫だから。
ほしいものはそれだけだった。
その願いは、思い出の品を捨てることで得られるわけではなかった。
それに、晴政が大切にしているものを掻き出すのが正しいこととは思えなかった。
ダイヤモンドは静かに煌めきを放っている。
美穂は手を触れず、それをじっと見つめていた。

◆

近頃、美穂の様子がおかしい。

朝食を取っていた晴政は、向かいに座る妻をそっと見やる。

美穂は黙々と目玉焼きを口に運んでいるが、どこか表情が硬い。

目玉焼きとウィンナー、それにサラダが添えられたプレートに、晴政は目を戻した。

美味しそうな朝食は美穂が作ったものだ。使用人が誰もいないので、家事はすべて美穂がこなしている。

照代と北見が休んでから一か月ほどが経過したが、美穂はきっちりと食事を作り、掃除も丁寧に行っていた。さらに琴の稽古と、テーブルコーディネートのレッスンも始めている。手持ち無沙汰ではないだろうに、なにか心境の変化でもあったのだろうか。

「美穂。習い事をしているのに、毎日食事を作ったり掃除をするのは大変だろう。臨時の家政婦を雇おうか」

「大丈夫よ。晴政さんは夕食がいらないことが多いから、さほど大変でもないし」

俺と目を合わさずに早口で言う美穂の言動に、棘《とげ》が含まれていると感じるのは気のせいか。

確かに仕事が忙しく、夕食をともにできない日が続いている。帰宅するのは深夜になるため、美穂も寂しいと思っているのだろう。そのための習い事かもしれない。

だがそろそろプロジェクトが一段落つく。

来週からは有休を取り、新婚旅行へ行く予定だ。

そうすれば美穂も機嫌を直してくれるだろう。

「寂しい思いをさせてすまない。来週は新婚旅行だ。楽しみにしていてくれ」

パンを手にした美穂は、黙って頷く。

楽しみにしているようには見えない。

なにか引っかかることがあるのなら話してほしいのだが。

「美穂……最近、なにかあったのか？」

「ううん、別に……。今日は琴の稽古に行ってきます。お見合いのとき、琴を弾けるって嘘ついたことを返上したいから。簡単な曲だけど弾けるようになったの」

「そうか……」

硬い顔をしたまま、つらつらと述べる美穂は、心ここにあらずというふうに見える。

琴が弾けるのは嘘だったということになっているらしいが、今さら見合いのときの話を持ち出すのは、なぜなのか。それほど彼女は過去のリベンジをしたいと思っていたのか。

習い事は好きにしていいと言ってあるので、問題はない。運転手付きの車で送迎させているから心配もなかった。

習い事先の人間関係がうまくいっていないのだろうか……。

しかし聞いたところによると、琴の講師は熟練の師範であり、マンツーマンだという。テーブルコーディネートサロンも上流階級の夫人ばかりだそうなので、揉め事が起こるのは考えにくい。

どうにも腑に落ちないが、晴政は時計を見て、急いで食事を終える。

のちほどゆっくり話し合えばいい。新婚旅行では、美穂に新しい贈り物を用意している。きっと喜んでくれるはずだ。

席を立つと、美穂がジャケットを用意した。

彼女に上着を着せられるとき、袖を通そうと腕を上げる。

そのとき、ふと袖口のカフスボタンが目に入る。

今日もゴールドのスウィヴル式か……。

シャツやカフスボタンも美穂に選んでもらっているが、近頃は彼女の好みが変わった気がする。

以前の彼女は、ダイヤモンドのカフスボタンを頻繁に選んでいた。

あれは美穂と初めて会ったとき、彼女が拾ってくれた品だ。そのため彼女としても愛着があるのだろうと思っていた。

だが、いつの頃からか、あのカフスボタンを見なくなった。なくしたのかと思ってクローゼットを確認すると、きちんとジュエリーケースに収まっていた。

あのカフスボタンには、いわくがあるが……。

説明するほどのことでもないと思い、黙っていた。もう終わったことだからだ。

美穂が当時のことを知るはずがない。もう十五年ほど前なのだから。

「いってらっしゃい」

「ああ、行ってくる」

玄関で見送られて、晴政は妻の顔を見た。

美穂の顔はどこか強張っている気がしたが、踵を返す。

車に乗ったときにはもう、仕事のことに頭を切り換えていた。

建設現場の視察を終えて会社に戻り、社長室のデスクに着く。

晴政は笑みを浮かべて一息ついた。

「順調だな。これなら間もなく施工に取りかかれそうだ」

「そうですね。こちらの案件は現場に任せてよさそうです。――それでは、次の新規事業についてですが……」

さっそく新たな書類を取り出す榊原に苦笑をこぼす。

「ちょっと待て。俺は来週から有休なんだが。少しは休ませてもらおうか」

「有休を控えているからこそ、仕事を片付けなければなりません。まずは企画書をご覧ください。それから次回のプレゼン会議は明日に変更になりまして……」

次々と書類がデスクに積み重ねられる。榊原は手帳を捲りながら、今後の予定を確認する。

晴政は書類に目を通していたが、ふと訊ねた。

「そういえば、山城家の顧問弁護士が来るのは今日だったな。何時だ？」

「十七時の予定です。弁護士の先生を呼ばれるということは、なんらかのトラブルがあったのでしょうか？」

「会社とは関係ない。山城家のことで相談があるんだ」

「承知いたしました。わたくしは席を外しますので」

「ああ、そうしてくれ」

顧問弁護士との相談があるが、新規事業については目処が立ったので今日は早く帰れそうだ。

久しぶりに美穂と夕食が食べられるな……。

だが、早く帰れる旨をこちらから電話したのでは、手料理を作れと要求するようでよくないかもしれない。

もしも美穂から「夕食はどうする？」と電話がかかってきたら、相談するという形でいいだろう。妻の負担になるのなら、外食するのもいい。

そんなことを考えながら書類にサインをしていた晴政だったが、何時になっても、美穂からの連絡はなかった。


顧問弁護士との話は無事に済み、契約はつつがなく結べそうだった。

最終的には美穂の同意が必要になるが、それはのちほどでよいだろう。

会社を出る頃には、すでに宵闇が降り、下弦の月が天空に鎮座していた。

いつもよりはずっと早い時間に帰宅できる。

頬を緩めた晴政は軽やかな心でハンドルを握る。

だが自宅のガレージに着くと、そこには一台の車が停まっていた。

赤いレトロカーは、甥の威風の車だ。

「うん……？　まったくあいつはなにをやってるんだ」

威風はまた仕事をさぼっているのだろうか。

子どものときから愛想がよく、周囲に可愛がられてきた甥だが、甘やかして育ったせいか、仕事にも恋愛にもいい加減で困る。弟のように目立った女性トラブルは起こしていないものの、いつ厄介事を持ち込んでくるのかと思うと気が重い。

まさか姉夫婦になにかあったというわけではないと思うが、家には美穂がいるので対応しているだろう。

一抹の不安を抱えて玄関に入ると、リビングから男女の話し声が聞こえた。

「じゃあ、おれがもらってあげるよ」

「でも……やっぱり、あげられないから」

「なんで？」

威風と美穂の声だ。なにやら揉めているらしい。

不穏なものを感じた晴政は早足でリビングへ入る。

すると、はっとしてこちらを向いたふたりが、握っていた手を離した。

親密な距離に眉をひそめる。

「なにをやっている」

思わず晴政の口から険しい声が出た。

ふたりは気まずげに視線を逸らしている。

まさか、浮気の最中だったというのか。

信じられないという思いと同時に、激しい嫉妬が身のうちから湧き出る。

美穂が不貞をするような妻とは思えなかったし、その相手が甥の威風だというのも衝撃的だった。

だが考えてみれば、ふたりは同い年なので、気が合わないわけがなかった。

肩を竦めた威風は、さっさとリビングを出ていこうとする。

「じゃあ、帰るよ」

「待て、威風。なにをしていたんだ」

通り際に肩を掴むと、うんざりした顔をする。

「なんでもないよ。美穂さんが――」

言いかけた威風が美穂に目を向ける。

よく見ると、美穂は手の中に小さな箱を抱えていた。プレゼントらしきそれは包装紙に包まれ、ブルーのリボンが巻かれている。

ふたりは手を握っていたのではなく、プレゼントを渡しているところだったようだ。

美穂はその箱を、さっと後ろ手に隠す。

その様子で察したのか、威風は視線を剥がした。

「叔父さんが心配するようなことじゃないから。それじゃ」

「威風、おまえはいつもそんな言い訳をするが……」

「わかったってば」

遮るように手を上げた威風は玄関で靴を引っかけると、足早に出ていく。

嘆息をこぼした晴政がリビングに戻ると、美穂はすでにいなかった。

キッチンから物音がするので、そちらに足を運ぶ。

彼女は夕食の支度をしていた。先ほど持っていた箱は、もう手元にない。

「威風にプレゼントか？」

自分でも驚くほどの尖った声が出た。

甥に嫉妬するなんてどうかしている。だが腹の底が煮えてどうしようもなかった。

こんな気持ちになったのは初めてだ。

これまで言い寄ってきた女性がほかの男になびいたときでも、冷めた感情しか湧かなかったというのに。

だから自分はクールなのだと思い込んでいた。恋愛に夢中にならない性質なのだとも思った。

それなのに今は、妻が自分より若い男に惹かれているのかと思うと、平静でいられない。

問いかけられた美穂は、明らかに困惑を浮かべた。

包丁を持つ手を止めて、目を揺らしている。

どう言い訳しようかと考えあぐねているように見える。

まな板で切られている野菜が、残骸のように晴政の目に映った。

「そうじゃないの。あれは……」

言いかけた美穂だが、それきり口を噤む。

泣きそうな顔をしている妻を見て、晴政は怒りを鎮めた。

まるで浮気したかのように責めるわけにもいかない。

自分は美穂より十七歳も年上だ。甥へのプレゼント程度で、嫉妬を露わにするのはどうなのか。

それに美穂は、山城家の親戚と仲良くしたいと言っていた。

あくまでも親戚として交流していたということかもしれない。

晴政がちらりと想像したような、男女として一線を越えるというわけではないのかもしれない。

だが、どうにも納得がいかない。

それは年齢の壁があるからだった。

若い妻と結婚すればいいことばかりではない。あらゆることに年齢差を感じ、自分は年を取っていると自覚することになる。

それなら若いうちに結婚すればよかったのではという結論になるが、過去を振り返ってみても、美穂以外の女性と結婚すべきだったなんて、やはり考えられない。

だが晴政が美穂との年齢差を気にしているように、美穂もまたそうなのだろうと思う。

やはり若い男のほうがいいのか、という澱んだ思いが脳裏を占めてしまう。

しかしそんなことを言うわけにもいかず、晴政は唇を引き結ぶ。

美穂はうつむきながら、包丁で野菜を刻んでいく。

「さっきのことは、今度……話すから」

「いや、もういい」

そう言い捨てると、晴政は踵を返す。

美穂が息を呑んだ気配がしたが、追及したら喧嘩《けんか》になりそうだった。

否《いな》、喧嘩ではない。晴政のほうが一方的に自分の意見を押し通すことになる。それでは解決に至らないのは明らかだ。

許容するべきなのか、それとも厳しく諭すべきか。

どちらも選べず、晴政は困り果てた。

久しぶりの美穂との夕食は、味がわからなかった。もちろん食卓には会話はなかった。

# 第五章　避暑地での初夜

着替えをスーツケースに詰めていた美穂は、そっと溜息をつく。

新婚旅行は明日に迫っていた。

だけど、晴政との関係はぎくしゃくしたままだった。

こんなことでは旅行になんて行けないのではないか。そもそも夫婦としてやっていけないのではないかと思うと、気が重い。

晴政の前ではいつもどおりに振る舞っているつもりだけれど、うまく笑えているか自信がなかった。

離婚――。

その文字が脳裏を巡る。

別れたくない。せっかく晴政と打ち解けてきたと思ったのに。彼と離れて暮らすなんて考えられなかった。どうしてこんなことになってしまったのだろう。

そのとき、ふと左手の薬指が目に入り、ぎくりとする。

「えっ……⁉」

結婚指輪がない。

いつも薬指に嵌めているはずなのに、無意識にどこかで外したのだろうか。

あれは命よりも大切なものだ。結婚指輪がなければ、結婚している証にならないのではないか。

青ざめた美穂は慌てて洗面台やドレッサーを探す。

だが、どこにもない。

習い事をしたときに落としたのかもと思い、琴の教室とテーブルコーディネートサロンに電話をかけるが、指輪の落とし物はなかった。

そもそも外した覚えがないので、いつの間になくなったのかわからない。

「最後に見たのはいつだったかしら……」

焦った美穂は必死に記憶を辿る。

いつもそこにあるものと思い込んでいるから、失っていることに気づかなかった。

寝るときはつけていないので、夜は結婚指輪をクローゼットのジュエリーケースにしまっている。もしかすると朝からつけるのを失念していたのかもしれない。

急いでウォークインクローゼットに入り、ジュエリーケースを開けてみるが、ふたつの指輪を並べられるケースは空だった。晴政と美穂がそれぞれ朝から結婚指輪をつけているからだ。

もしかして……！

取り憑《つ》かれたように、臙脂色のケースを開ける。

ダイヤモンドのカフスボタンは何事もなく鎮座していた。

その輝きが、迂闊《うかつ》な美穂をあざ笑っているかのように感じて、じわりと涙が滲む。

「昔の彼女の、呪いなの……？」

震える声でつぶやいた自分の言葉に、かぶりを振る。

そんなわけはないとわかっているのに、晴政を愛した女性がわざと指輪を隠したような気がして、絶望が胸を占める。

その後も家中を探し回ったが、指輪は見つからなかった。

どうしよう。

晴政になんて言えばいいのだろう。

ただでさえ関係がこじれているのに、結婚指輪をなくしただなんて、妻として失格どころか、離婚したいから捨てたように見られはしないか。

最悪の事態を考えているうちに、日が暮れていく。

そろそろ晴政が帰宅する時間だ。

「とにかく夕食を作らないと……」

呆然としながらキッチンへ入り、夕食の支度を始める。

だが、指輪のことに気を取られていたせいか、鋭い痛みが指先に走る。

「あっ！」

包丁で指を切ってしまった。左手の人差し指に、鮮血が滲んでいく。

それがまるで罰のように思えて、美穂は心から落ち込んだ。

こんな自分は、やはり晴政の妻にふさわしくないのではないか。

これは離婚の前触れなのか。

涙が頬を濡らしていたそのとき、玄関のドアがガチャリと開いた音が耳に届く。

やがてキッチンに入ってきた晴政が、こちらを見て瞠目した。

「どうした、美穂。怪我《けが》をしたのか？」

「あ、あの……」

言わなければならないことがあるのに、喉が痞えて言葉が出てこない。

拭っていないため、指が血まみれになっていた。

血相を変えた晴政が、慌てて美穂の手を取る。

「なにがあった⁉　すぐに病院に──」

「大丈夫よ。包丁でちょっと指を切っただけ。ぼんやりしていたから、けっこう血が出たみたいです」

ぎこちなく笑い、するりと握られた手をほどく。

晴政は、美穂が結婚指輪をしていないことに気づかなかったようだ。

リビングに駆け込み、ティッシュで血を拭う。すでに血は止まっていた。さほどの怪我ではないようだ。

一安心していると、救急箱を手にした晴政がやってきて、美穂の背をそっと促す。

「手当てをしよう。ソファに座るんだ」

「でも……その、たいしたことないから……」

手元を見られたくない。

指輪がないことが知られてしまう。

恐れた美穂が断ろうとすると、彼の真摯な双眸に射貫《いぬ》かれる。

「俺にさわられたくないのなら、病院に連れていく。きみの怪我を放っておけない」

夫を避けていると思われるのもつらいけれど、病院へ行くほどの怪我ではないので、それは困る。血が出たものの、指先を少し切っただけなのだ。

観念した美穂はソファに座った。

消毒液をつけた脱脂綿を手にした晴政が、空いたほうの手を差し出す。

仕方なく左手を預けると、傷口が丁寧に消毒された。

「染みるか?」

「ううん……」

「念のために聞くが、わざと傷つけたわけじゃないんだな?」

「まさか。そんなことしません。うっかりしただけなんです」

安堵の息をこぼした晴政は、柔らかい笑みを浮かべる。

彼の笑顔を久しぶりに見た気がした。

目尻に刻まれた皺を見て、美穂は強張った自分の心がほどけるのを感じる。

「そうか。きみが自傷行為をするわけがないとはわかっているが、近頃落ち込んでいるようだから気になった」

晴政はとても優しい。

料理をしていて包丁で切ったなんて、迂闊なのを責めもせず、美穂の心身を心配してくれる。

消毒液よりも彼の優しさが身に染みた。

やがて血だらけの指が綺麗になり、絆創膏を巻かれる。

「少し血が滲んだな。またあとで取り替えよう」

「うん……ありがとう」

手を握っている晴政は礼を言う美穂の顔を見たが、なにも言わずに視線を下げる。

絆創膏を巻いた指を検分するように眺めていた彼は、ふと瞬いた。

「指輪はどうした。外したのか？」

はっとした美穂は体を硬直させる。

いつもつけているのに、今日に限って外しているのはなぜかと思われたのだ。晴政の薬指には、プラチナの結婚指輪が光っている。

その輝きを目にしながら、声を絞り出した。

「……なくしたの」

「なんだって？　どこで？」

「それが……わからないの。昼間になくなっているのに気がついて、探したけど、見つからなかったんです」

誤魔化しても意味がないと悟った美穂は正直に話した。

せめて、わざとなくしたとは思われたくなかった。晴政が嫌いになったから捨てようなんてするわけがない。

だけど夫婦関係がうまくいっていないのに、さらに結婚指輪を紛失するなんて、決定的な事柄ではないだろうか。晴政に呆れられても仕方ないと思えた。

悲しくなった美穂は涙をこぼす。

透明な雫を目にした晴政は動揺を表した。

だがすぐに彼は必死そうな顔をして言った。

「なくしたなら、また買えばいい」

「え……でも……」

「今度は内側にダイヤモンドが埋め込まれているデザインにしよう。大人になったらダイヤをプレゼントすると言っただろう？」

その言葉に、美穂は涙に濡れた睫毛を瞬かせる。

遠い昔の記憶が呼び起こされる。

それは泣いていた幼い美穂を慰めてくれたハルと交わした約束だった。

「えっ……それって……」

「覚えているか？　美穂がまだ幼いとき、俺と会ったことがある。パーティーで見かけたときも、美穂は泣いていたな」

ハルの面影が、今の晴政と一致した。

本当に運命の再会を果たしていたことに、美穂は息を呑む。

「晴政さんが、ハルさんなの……？」

「そうだ。俺が、ハルだ」

優しいあの男性は、目の前にいる夫だった。彼はすでに、ダイヤモンドをあげるという約束を果たしていたのだ。

だって晴政は薔薇園でプロポーズして、ダイヤモンドの婚約指輪を贈ってくれたのだから。

本当はずっと好きな人がいるはずなのに、私のことをちゃんと見ていてくれている……。

感極まった美穂は、また頬を涙で濡らした。

もう十何年も前のことなのに、晴政は忘れていなかった。彼もあの約束を大切に思っていたのだ。

「覚えていてくれたんだな。よかった」

「晴政さんに会ってから少しずつ思い出したんです。でもまさかハルさん本人とは思わなくて……どうして今まで言ってくれなかったの？」

「あらためて明かすのも、わざとらしいと思ってな。それにカフスボタンを拾ってくれたときは、美穂があのときの少女だとはわからなかった」

「そうだったのね……。よかったです。晴政さんが、あのハルさんで……」

微笑みを向けると、晴政も優しい笑みを返してくれる。

彼の指先が頬を流れる雫を拭った。

「俺はあのときの約束を守りたい。だからあらためて、新しい結婚指輪を贈ろう。もちろんそろいのものだ」

「ありがとう……。すごく嬉しいです」

実はハルだったと明かした彼が、約束を守るために新しい結婚指輪を贈ると言ってくれるのだから、それを受け取ろうと思う。

晴政は美穂の気持ちに寄り添おうとしてくれるのだ。

昔も、そして今も。

彼の想いに応えたいと思った美穂は、誤解をときたいと願った。

「実は、私からもプレゼントがあるの」

「なんだ?」

ソファを立ち上がった美穂は、クローゼットにしまっていたものを持ってきた。

晴政の前に、ブルーのリボンがかけられた小箱を差し出す。

それは威風に手渡そうとしていたプレゼントだ。あのときは慌てて後ろに隠したけれど、晴政には見られていたかもしれない。

小箱を受け取った晴政は、じっくりとそれを眺めると、眉をひそめる。

「これは、威風にあげようとしていたものじゃないか?」

「彼にあげるつもりだったわけじゃないの。晴政さんのために買ってきたんだけど、渡せなくて……。そうしたら威風さんが、もらってあげるなんて言い出して、そこにちょうど晴政さんが帰ってきたんです」

やはり彼はプレゼントを見ていて、威風に渡そうとしていたのを気にかけていたのだ。あの状況では、浮気しているように見えたかもしれない。

このプレゼントは晴政に贈るためのものだった。

だけど、晴政がこの品物を見たら、怒るかもしれない。思い出を壊されるとして、拒絶されるかもしれない。そう思うと迷ってしまい、なかなか渡せなかったのだ。箱を手にしてまごついているところに、たまたま威風が家にやってきたので事情を話した。

だけどやはり、晴政に渡したい。

その思いが強かったので、断ったのだ。そこを晴政に見られたというわけである。

深い息を吐いた晴政は、額に手を当てる。

「そうだったのか……。そういえば、そんなやり取りが聞こえていたな。揉めているようだから、俺はきみたちが浮気しているのかと思ったぞ」

「そんなわけありません！　威風さんは私にとっても甥にあたるんですよ」

威風に恋愛感情が湧くわけはない。

どちらかというと苦手だが、親戚なので冷たくするわけにもいかないといったところだ。

美穂は晴政のような落ち着きのある男性のほうが、一緒にいて心穏やかに過ごせる。

「俺へのプレゼントなら、どうしてその場で渡してくれなかったんだ？」

「それは……私の勇気がなかったんです。いらないと言われたらどうしようとか、いろいろ考えてしまって……」

「妻からの贈り物にそんなことを言うわけがないだろう。開けてみてもいいか？」

美穂は静かに頷いた。

箱の中身を見たら、おそらく晴政はなぜ美穂がこの品を贈ったのか、その意図に気づくことになる。

ブルーのリボンをほどいた晴政は、包装紙を開けた。

てのひらにのるほどの小さな箱の蓋を外す。

そこに鎮座するものを目にした晴政は、動きを止めた。

嬉しそうだった彼の顔から笑みが消え、無表情になるのを、美穂は悲しい気持ちで見ていた。

「当日に渡せなかったけど、誕生日、おめでとう」

そう言うと、戸惑ったように晴政は目を揺らす。

彼の動作のすべてに、本心が現れているのだと美穂は思った。

プレゼントは、カフスボタンだった――。

ただし、貴石は虹色に光るオパールである。

晴政は十月生まれなので、誕生石はオパールなのだ。

「オパールは、十月の誕生石なの……。ダイヤモンドは四月でしょう？」

もうダイヤモンドのカフスボタンをつけないでほしい。あなたの昔の恋人を連れ歩かないでほしい。

そう言いたいけれど、彼女よりも愛されていない自分にそんな資格があるのかわからないから、言えなかった。

「そうか……そういうことだったのか。彼女の誕生日は、四月だったな」

静かにつぶやいた晴政は、もう隠そうとしなかった。

彼の心の中で、彼女の存在が大きいことは、もうわかっていた。

晴政はそっと箱の蓋を閉める。

それをテーブルに置くと、腰を上げた彼はクローゼットへ赴く。

晴政が持ってきた臙脂色のジュエリーケースに、美穂は目を見開く。

蓋を開けると、そこにはダイヤモンドのカフスボタンが収められている。

「やはり、知ったんだな。このカフスボタンには、いわくがある。威風が話したんだろう」

うつむいた美穂は、小さく頷く。

すると晴政は真摯な双眸を向けた。

「これについて、しっかり話をしたい。明日、旅行先で話してもいいだろうか」

「もちろんです」

晴政にも言いたいことがあるだろうし、考えをまとめる時間も必要だろう。

美穂が頷くと、夫は物憂げにダイヤモンドを見つめていた。

翌朝は快晴になり、勿忘草《わすれなぐさ》色の空が広がっていた。

ふたりは予定どおり、新婚旅行へ出発した。

昨夜は様々なことがあったが、美穂の心は落ち着いていた。

浮気の誤解をとくことができたし、なによりハルの正体は晴政だったとわかったので安堵できた。

晴政に指を切った怪我を心配されたが、すでに血は止まっているのでさほどでもない。なくした結婚指輪を彼は一緒に探してくれたが、結局見つからなかった。新しいものを買い直そうと慰めてくれる夫に、美穂は信頼を寄せた。

彼は一切、美穂を責めなかった。すべて美穂のミスなのに、呆れることもしない。

それどころか丁寧に話を聞いて、気遣ってくれた。

そうしてくれるのは、妻と結婚生活を継続していきたいという気持ちだからにほかならない。

ダイヤモンドのカフスボタンの件はあるが、晴政の話したいことをきちんと聞こうという姿勢でいた。

車は渋滞に遭わず、順調に走行する。

やがて郊外へ辿り着いた。

静かな山並みの裾野に、林が広がっている。

この辺りは高級な別荘ばかりが建ち並んでいるエリアだ。

その中のひとつの敷地の前に停車した。

晴政はリモコンで門扉を開ける。

「ここの掃除は定期的に入れている。いつ思い立って来てもいいようにな」

「山城家のみなさんも利用するの？」

「いや、実家の別荘はほかにある。ここは俺が建てた別荘だから誰も来ない」

なんと、晴政だけの別荘らしい。

門から続く道を通ると、建物の全容が見えてくる。

木々に包まれるようにひっそりと鎮座するのは、大きな硝子張りの瀟洒な邸宅だった。古さを感じないので、まだ新しい物件のようだ。

車庫に停めた車から降り、スーツケースを引いて玄関へ向かう。

重厚な扉を開けて中へ入ると、室内は吹き抜けになっている広々とした空間だった。

「わあ……なんて素敵なの……」

木のぬくもりが感じられる造りは、どこか懐かしさを彷彿《ほうふつ》とさせる。重厚な暖炉があり、自然と調和するモダンなデザインの家具が設置されていた。

フルハイトの窓の向こうには広いテラスがある。そして絵画のように美しい芝生と木々が広がっている。見渡す限り、鮮やかな緑だけの静謐な空間だ。

窓からの景色を眺めていた美穂に、晴政は重々しい口調で告げた。

「話がある。ここに座るんだ」

あらたまった言い方に、どきりと心臓が跳ねる。

なんだろう。

「え、ええ……わかりました」

嫌な予感がするが、美穂は言われたとおりソファに腰を下ろした。

ゆったりとしたL字型のソファの斜向《はす》かいに、晴政は分厚い封筒を手にして座る。

大きな封筒から取り出された書類は、公的な契約書のようなものらしい。

まさか、離婚届だろうか。

ぎくりとした美穂は動揺した。

晴政がテーブルに広げた書類を、息を呑んで見つめる。

だが、その書式は離婚届とは異なっていた。確か離婚届は、婚姻届と同じ形式のはずである。

「え……これは？」

「これは、登記簿謄本だ。この別荘の土地と建物が、山城美穂の名義であるという証明だ。先日、山城家の顧問弁護士を呼んで、所有権移転登記の手続きを済ませておいた」

晴政の説明に、ぱちぱちと瞬きを繰り返す。

書類によく目を通してみると、晴政の言うとおりだった。

初めて訪れたはずなのに、この広大な別荘の所有者は美穂ということになっている。

「えっ、でも、この別荘は晴政さんが建てたんでしょう？　だったら所有者は晴政さんじゃないの？」

「生前贈与だな。土地や建物の名義を配偶者に変えておくのは、珍しいことではない。俺は死期が近いだとかそういうわけじゃないが、美穂より十七歳も年上だ。不測の事態があっても妻が生活に困らないよう、財産を贈与しておきたいと考えていたんだ」

事情を聞いた美穂は呆然とする。

離婚かと思ったのは、美穂の早合点だった。

晴政は美穂のために、財産の一部を贈ってくれるのだ。

それは晴政が年上だから、亡くなったときのことを考えてとの理由だった。

しかしもう準備は済んでおり、あとは美穂の署名捺印《なついん》をするだけという状態のようだ。晴政が働いた金銭で手に入れた物件なのに、美穂の持ち物にしてしまってよいのだろうか。

「晴政さん……私のために？」

「そうだ。きみは、俺の妻なのだから」

彼の心遣いに感激して、目頭が熱くなる。鼻の奥がつんとして、てのひらで押さえた。

「離婚するのかと思った……。そうじゃなかったんですね」

「離婚なんてするわけないだろう。だが思い違いするほど驚いたんだな。すまなかった」

「どうしてなにも相談してくれなかったの？」

「新婚旅行のときにプレゼントして、喜んでもらいたかった。それに、言いにくかったからな」

微苦笑を浮かべた晴政は、気まずげに目を逸らす。

浮気の誤解でぎくしゃくしていたこともあり、相談できなかったのだろう。

それに、晴政の昔の恋人のこともある。

晴政がそれについてなんと言うのか、美穂は緊張していた。

「少し、話したいことがある。散歩に行こう」

腰を上げた晴政は、臙脂色のジュエリーケースを手にしている。

散歩するのに、どうして持っていくのだろう。

複雑な気持ちになったけれど、彼の話を聞かなければならない。

おそらく内容は、昔の彼女のことにほかならない。

本当はそんな話を聞きたくない。耳を塞ぎたかった。

でも晴政さんは、私が妻だと言ってくれた……。

それは単なる事実かもしれない。だけど美穂にとって、晴政の妻は自分だということだけが、よすがになっていた。

浮気かと心配してくれた。将来のことを考えて、別荘を贈与してくれた。

たとえ彼の心が昔の彼女にあるとしても、美穂もその心の一片にあるのではないか。

ひとかけらだけでもいい。晴政の心の中にいたかった。

「わかりました……」

承諾した美穂は、晴政とともに別荘を出た。

別荘の近くの湖畔には遊歩道があり、風光明媚《ふうこうめいび》な景色を眺められる。

ふたりはゆっくりと湖のほとりを歩いた。木々の隙間からさえずる鳥の声が鼓膜を優しく撫でる。

晴政が足を止め、湖に目を向ける。美穂もそれに倣った。

雲が出てきたためか陽射しが遮られ、湖は鈍色《にび》に映っている。

突風が吹いて美穂の黒髪をさらった。

それを手ぐしで直していると、晴政は淡々と語り出す。

「俺は今まで、誕生石について詳しいことを知らなかった。自分の誕生石がオパールだということも、この間初めて知った」

「えっ……そうだったの？」

女性は占いから自分の誕生石を知り、幸運のお守りとして身につけるなどの機会があるが、男性なら無頓着かもしれない。

「それじゃあ、ダイヤモンドが四月の誕生石だっていうのも……」

「あまり気にしていなかったが、昔そんなことを言われたのを思い出した。自分の誕生石はダイヤだから、このカフスをつけてくれて嬉しい、とな」

きっとそれを言った女性が、結婚を考えていた晴政の恋人だろう。威風が話していたとおり、実家に連れてきて両親に紹介した場面に違いない。

「このカフスボタンをプレゼントしてくれた恋人ですよね……」

「いいや。このカフスボタンはプレゼントされたものではない。俺が自分で購入したんだ」

「そうなの？　威風さんは彼女からのプレゼントって言ってたけど」

美穂は目を瞬かせる。

なにやら聞いていた話と齟齬がある。

プレゼントしたならお返しを求めるのもわかるが、晴政が自分で購入したものに対して「自分の誕生石はダイヤ」とアピールするのは図々しくはないだろうか。

「そもそも、恋人ではない。若い頃、女性にねだられて実家に連れていったことはある。その女性を見た威風が恋人だと思い違いをしたのだろう。婚約指輪を要求されているように感じてうんざりしたんだ。それ以来あまりダイヤのカフスボタンをつけなくなってしまった。もちろん彼女との関係は断っている」

切々と語る晴政は、まっすぐに美しい瞳を美穂に向けていた。

そこに真実が含まれているのを、彼の曇りのない眼差しで感じ取る。

「恋人の分身だから、大切に持ち歩いていたわけじゃなかったんですね……」

美穂は勘違いをしていたのだ。

ダイヤモンドのカフスボタンが彼女との大切な思い出というわけではなかった。

事情を聞くと、自分は一体なにに固執していたのだろうと不思議な気持ちになる。

懐から臙脂色のケースを取り出した晴政は蓋を開けた。

そこには煌めくダイヤモンドのカフスボタンが、ふたつ並んでいる。

ダイヤには、瑕疵よりも小さな古傷がついている。

「だが、久しぶりにつけたとき、パーティーで美穂に出会った。だから瑕疵があるものの、このカフスを捨てられなかった」

はっとした美穂は真実に気づく。

晴政が大切にしていた人の正体は、幼い頃の自分だったのだ。

そういえば威風は、ダイヤモンドを指摘された晴政が「これには特別な思い出がある」と言っていたのだと語った。

つまりそれは当時の恋人などではなく、美穂のことだ。

「そうだったのね……」

「これを見た美穂が泣きやんでくれたからな。見合いの日につけたのも、たまたまだが、なにかの縁かもしれない」

「晴政さんはあのときの約束を守ってくれました。本当にダイヤモンドの婚約指輪をプレゼントしてくれたんだもの。彼女の分身を連れているなんて、私が勝手に思い込んでしまったのがいけなかったんです」

「分身か……」

ふたつのカフスボタンを無造作に掴んだ晴政は、大きく腕を振りかぶる。

彼が放り投げたダイヤモンドが、きらりと光った。

美穂が瞬いている刹那に、波紋を描いて湖の底に沈んでいく。

「えっ……捨ててしまったの⁉」

臙脂色のケースは空になっていた。彼の手の中にも、なにも残っていない。

婚約指輪と同等程度の値段だろうに、どうして投げ捨てたのか。

呆然としている美穂に、晴政は言った。

「きみをおびやかすものは、なにもない。俺が愛しているのは、美穂だけだ」

まっすぐに告げられた想いに、胸を打たれる。

そのとき美穂は、自分がこだわっていたものがいかに些末か思い知った。

単なるアクセサリーなのに、そこにほかの女性がいるかのように錯覚していた。

過去に囚《とら》われて晴政を信じられなかった美穂の心が、ふたりの絆を壊そうとしていたのだった。

晴政はこんなにも美穂のことを想っていてくれたというのに。

私が、晴政さんを疑っていたからだわ……。
だから彼に、ダイヤモンドを捨てさせてしまった。
そんなことをさせたのは、美穂が醜い嫉妬を抱いたからにほかならない。
ダイヤモンドが沈んでいった湖面は穏やかに凪いでいる。
美穂はまっすぐに、晴政の目を見つめる。
「私も、晴政さんを愛しているわ。あなたは私の夫なんだもの」
晴政が好きだから、信じよう。
これからは、彼が愛してくれる自分の心をも信じていきたい。
嫉妬に染まった醜い心なんて、ふたりの幸せな未来にはいらないと思うから。
夫を生涯をかけて大切にしようと、美穂は胸に刻んだ。
澄んだ眼差しをした美穂に、晴政は身を屈めて顔を近づける。
彼の精悍な顔立ちが間近に迫り、どきんと胸が弾んだ。
くちづけの予感に、そっと瞼を閉じる。
初めてのキスは柔らかくて、温かかった。
好き――。
晴政への情愛が心の深いところから湧き上がってくる。

この想いを、今すぐに伝えたい。
瞼を開けた美穂は、微笑んでいる晴政に告げた。
「晴政さんが、好き。ずっとあなたと一緒にいたい」
息を呑んだ晴政は、感極まったように抱きしめた。
ぎゅうっと彼に抱きしめられるなんて初めてのことに驚く。
「俺もだ。きみだけを愛すると誓う。生涯をかけて愛し続ける」
情熱的に告白されて、感激が胸に染みる。
愛されている喜びが、体中に浸透した。
美穂は腕を上げて、強靭な背を抱きしめ返す。
夫の熱い体温に包まれて、至上の喜びを得られた。
雲が去り、空には晴れ間が覗く。
太陽の光が射し込み、湖のほとりで抱き合うふたりを照らした。
それは天からの祝福のように眩く降り注いでいた。
湖から戻るとき、ふたりは手をつないで寄り添っていた。
晴政と少しも離れたくなかった。

彼は慈愛を込めた双眸を向けてきて、目を合わせるたびに微笑みを交わす。

別荘のリビングに入り、並んでソファに座る。

テーブルには、出かける前に置いたオパールのカフスボタンが鎮座していた。

カフスボタンを手にした彼は、虹色に輝く貴石をじっくりと眺める。

「俺たちはこれまですれ違っていたが、俺が愛しているのは昔も今も美穂だけだ。あらためて新しいダイヤモンドの結婚指輪を贈ろう」

「そう言ってくれて嬉しかったけど、もう晴政さんからダイヤモンドはもらっています。婚約指輪がダイヤモンドでしたから」

「あれは婚約指輪という代物だ。それにあのときは、昔会っていることを美穂に話していなかったからな」

晴政の薬指にはプラチナのリングが嵌められているが、美穂にはない。

ハルとして約束を果たすと彼が言うのなら、甘えようと思った。それにやはり、おそろいのリングをつけたかった。

「ありがとう……。晴政さんを信じるから、もうひとりで嫉妬するのはやめにします」

「俺も美穂を信じる。これからはふたりでなんでも話し合おう」

「わかりました。ちゃんと晴政さんに相談しますね」

彼と絆が結ばれた実感が籠もる。

夫婦なのだから、疑念が生じたらまずは話し合うことが大切だったと気づいた。

晴政にそっと肩を抱かれて、引き寄せられる。

彼の右手にはオパールのカフスボタンがあり、左手は美穂の肩を抱いている。

ふたりの肩が触れ合うと、胸を安堵が占めた。

「プレゼント、ありがとう。最高の贈り物だ」

「喜んでもらえてよかった。……ごめんね、捨てさせて」

ふと、瞬きをした晴政に顔を覗き込まれる。

彼は悪戯っ子を叱るかのように、つんと指先で頬を突いた。

「あれを捨てたのは俺がそうしたかったからだ。ふたりが出会ったときの思い出はあったが、それはこれからたくさん作っていけばいい。今後はずっと、このオパールを身につける」

「うん……。晴政さんが会社にいるときもずっと傍にいられるなら、嬉しい」

「そんなに可愛いことを言われたら、我慢できなくなる」

チュッと頬にくちづけられ、笑みがこぼれる。

こういった触れ合いは今までにしたことがなかった。

だけどもちろん嫌ではない。

晴政に愛されて嬉しい。

ずっとこうして愛情を交わしたかったのだと、自覚した。

だってこんなにも胸がときめいているから。

綺麗な双眸に見つめられ、頤《おとがい》を掬い上げられる。

キスされる――。

その予感を、期待を持って受け止められた。

柔らかく、優しく触れた唇が、そっと離される。

だけど晴政は密着した体を離さず、大切なものみたいに美穂を腕に包み込んでいる。

鼻先が触れるほど近くで、ふたりの呼気が交わった。

「キスされるのは嫌じゃないか？」

「嫌なわけないです。どうしてそんなことを聞くの？」

「俺は美穂より十七歳も年上だ。オジサンだから、触れられるのは嫌かもしれないと思ってな。だから手をつなぐまでしかできなかった」

晴政が遠慮していたことを聞いて、瞠目する。

それほど年の差を気にしていたなんて、思いもしなかった。

政略結婚だから気持ちがないのだと初めは考えていたし、昔の彼女が今でも好きだから美穂に触れたくないのだと思い込んでいた。

「そんなふうに思っていたのね……。私は晴政さんが好きだから年齢なんて気にしない」

安心したように微笑んだ晴政に、鼻先を合わせられる。

ちょっとくすぐったいけれど、幸せだった。

こんなふうに好きな人と触れ合えるだけで喜びを感じられる。

「それなら、今夜は抱いてもいいか？」

直裁に求められ、かぁっと顔が熱くなる。

晴政は夫婦の営みをしたくないわけではなかった。美穂を気遣うからこそ、手が出せなかったのだ。

あれほど頑《かたく》なだった誤解はとけた。

もうふたりを隔てるものは、なにも存在しない。

美穂の胸のうちは恥ずかしさでいっぱいだったけれど、素直に頷く。

「うん……。私も、晴政さんと、したい……」

「俺もだ。ずっと、抱きたかった」

想いを交わしたふたりは、きつく抱き合う。

ようやく初夜を迎えられるという感慨が胸に染みた。

なにより、愛する夫と抱き合えるということが、最高の幸せだった。


夜の帳《とばり》が降り、天空に大粒の星が瞬く。

どきどきと胸を高鳴らせた美穂は、バスローブをまとい、寝室のリラックスチェアに座っていた。

晴政は今、隣のバスルームでシャワーを浴びている。

先にバスルームを使ったばかりなので、美穂の肌はまだ温かいままだ。

湯船に浸《つ》かりすぎただけでなく、恥ずかしさに顔が火照っているのを感じる。

食事を終えたあと、晴政から「一緒に風呂に入ろう」と誘われて、咄嗟に断ってしまった。まだ裸を見せたことすらないのに、それはあまりにも美穂にとってハードルが高すぎたから。

どうしよう……。すごく恥ずかしくなってきちゃった……。

晴政は嫌な顔ひとつしなかったけれど、「また今度な」などと言っていた。

今度というのは、一緒に風呂に入ることだろうか。それとも、初夜をまた今度ということなのか。

あれほど待ち望んでいた初夜なのに、なぜか臆してしまっている。だけど、延ばされたとしても落胆する自分がいた。

鼓動が逸り、じっとしていられない。

そわそわした美穂は腰を上げてはまた下ろし、バスルームのほうを見やる。

体の前で結んだバスローブの紐《ひも》を所在なさげにいじっていると、やがてスリッパの足音が耳に届く。

「待たせたな」

おそろいのバスローブ姿で現れた晴政は、濡れた前髪を垂らしていた。

艶めいた雄の色香を感じてしまい、どきんと心臓が跳ねる。

彼はまっすぐに美穂の前にやってくると、チェアの背もたれに両手をついた。

まるで椅子に閉じ込めるかのような仕草に、どきりとする。

「え……な、なにするの？」

動揺した美穂は思わず立ち上がろうとしたが、強靱な体に覆いかぶさられているので叶わない。

端整な顔が近づき、低い声で囁かれた。

「妻を愛するに決まってる。俺に愛される覚悟はできているか？」

獰猛《どうもう》な雄の顔を見せられて、ずくんと体の芯が疼《うず》く。

やはり、初夜はあるのだ。

嬉しいのに恥ずかしくて、どうしたらいいのかわからない。

一気に緊張が高まってしまい、返事ができない。

動揺した美穂は何度も睫毛を瞬かせ、曖昧に頷いた。

そんな妻を見て、晴政は微苦笑をこぼす。

「緊張してるな。優しくするから、安心していい」

「ん……」

ようやく声を漏らすが、まともな答えになっていなかった。

晴政に抱かれることを期待しているのに、うまく応えられない。

ちゅ、と額にキスされる。

不意打ちのキスは宥めるような優しさで、体から余計な力が抜けていく。

その隙に体が掬い上げられ、横抱きにされる。

「きゃ……！」

強靱な腕に軽々と抱き上げられた美穂は咄嗟に晴政の肩にしがみついた。

そのままベッドに運ばれ、羽毛を落とすかのような柔らかさでシーツに下ろされる。

ベッドに乗り上げてきた晴政は、そっと美穂の乱れた黒髪を掻き上げた。

「深いキスをしてもいいか？」

「そ、そんなこと聞かないで……」

晴政になら、なにをされてもいい。

彼のすべてを受け止めたかった。

両手を掲げて、逞しい肩に手をかける。密着したふたりの体はまるでつがいのように、ぴたりと合わさった。

雄々しい唇に覆われて、濃密に舌を絡め合わせる。

甘い官能が高まり、心の奥まで濡れた。

晴政は美穂のバスローブを、そっとほどく。まるで子猫を怯えさせないような手つきで触れられ、もどかしいほどの時間に胸が高鳴っていく。

「綺麗だ。きみは俺の女神だ」

つぶやかれた言葉は星よりも貴石よりも輝いていた。

晴政も逞しい裸体をさらし、ふたりは体温を分け合う。

愛撫《あいぶ》は優しく丁寧で、初心な体をたっぷりと蕩かせていった。

彼の中心で貫かれ、破瓜《はか》の血を流す。

「痛くないか？」

「少し、痛いけど……嬉しい」

痛みよりも情愛に身を浸しながら、美穂は逞しい背に縋《すが》りつく。

指先で強靱な筋肉の脈動を感じる。ふたりの呼気が甘く交わる。

晴政は美穂を何度も気遣い、キスの雨を降らせた。

やがて彼の子種が体の奥深くに注がれる。

それを至極の喜びをもって受け止められた。

「幸せ……」

恍惚《こうこつ》としてつぶやくと、ぎゅうっと抱きしめられる。

晴政の端麗な顔には情欲が色濃く浮かんでいた。

「きみを世界で一番幸せにする。これからも、ずっと」

夫と心も体もつながることができて、胸には多幸感が溢れる。

ひたひたに満たされた心身は、しっとりと濡れていた。

ふたりはどちらからともなく熱いくちづけを交わす。濡れた粘膜を絡み合わせ、また互いを求め合った。

◆

安らかな寝息をこぼす美穂を、晴政は腕枕で抱えていた。

愛しい妻が腕の中にいることで、こんなにも安らぎを得られるとは思いもしなかった。

無事に初夜を迎えることができ、安堵の息を漏らす。

妻を抱きたくないわけがない。結婚式を終えたその日の夜から営みを行いたいとは思っていたが、手を出すのをためらっていた。

美穂に話したとおり、年の差が大きいので、嫌がられはしないかという懸念があった。

それに彼女にとっては親から命じられた政略結婚なので、本当は威風のような同年代の男を好むのではないかと思っていたのだ。

だが、甥とのことはまったくの杞憂であり、晴政の勘違いだった。

しかも美穂の様子がおかしかったのは、晴政がダイヤモンドのカフスボタンをつけるのは、昔の恋人のことを想ってだと誤解していたからだ。

晴政にはまったくそんなつもりはなかった。

誰にもダイヤモンドをプレゼントされたことはないし、こちらからしたこともない。あのカフスボタンは美穂との特別な思い出だから、気に入っていたのだ。

それを威風が勘違いをして覚えていたのかもしれない。

晴政の妻になる女性は美穂しかいない。

これまでは女性に対して不信感があったが、美穂はそれを取り除いてくれた。

彼女の誠実さや優しさは何物にも代えがたい。

これからは美穂に心配をかけないよう、なんでも話し合うことを心がけようと胸に誓う。

妻は年の差など気にしていなかった。ありのままの晴政を認めてくれた。ダイヤモンドのカフスボタンの件も含めて、怪我をしたり結婚指輪を紛失するほど心労が重なっていたのだ。こちらからも声をかけるべきだったのに、それすらも彼女は責めなかった。健気《けなげ》な彼女を一生大切にして、幸せにしたい。

しかも彼女は、晴政との初夜を心待ちにしていてくれたのだ。

それは美穂の態度でわかった。彼女は初めてのことに戸惑いつつも、晴政を受け入れたときには喜びを表していた。彼女に惜しみない愛情を与えると、幸せそうに顔を綻ばせた。

そんな妻が愛しくてたまらない。

今後は遠慮せず、夫婦の営みを行っていきたい。そしてもし子どもを授かることがあったなら、それはこの上ない幸福だ。

すうすうと安心したように眠っている美穂の髪を、そっと指先で撫でる。

「愛している……」

低い声音で小さくつぶやいた告白は聞こえていないはずなのに、彼女の寝顔に薄らとした微笑が浮かぶ。

腕の重みに幸せを感じながら、晴政は瞼を閉じた。

# 第六章　懐妊と別れの予感

新婚旅行から帰ってきて、三か月ほどが経過した。

湖のほとりで絆を確かめ合ったふたりは、本当の意味での夫婦として歩み出した。

初夜を迎えてから、晴政は毎晩のように美穂を求めて愛を睦《むつ》み合った。

今まで悩んでいたことが嘘みたいに、夫の濃密な愛情で心身ともに満たされている。

季節はすっかり冬になり、寒さが体にこたえるようになってきた。

「そうなのね、よかった。……うん、うん……わかりました」

電話を終えて受話器を置いた美穂は、ほっと一息つく。

照代が来週から復帰できることになったのだ。

これまでにもたまに電話をかけてきて経過を報告してくれていたが、照代の夫はすでに退院してリハビリを終えたので、仕事に戻れることになったという。

レストランのオープンから落ち着いたので、北見もこれまでどおり来て、ふたりとも週に三日の通いになる。

美穂としては自分が家事をこなせているから、手伝ってもらう必要はないかもしれないと思っていたのだけれど、近頃なんとなく体調が優れないのだ。

起き上がれないくらい億劫《おっくう》なときもあり、毎日の家事が大変なので、ふたりに来てもらえるのは助かる。

「季節のせいかな……。温かくしないとね」

たいしたことはないので、晴政には疲れているためと話している。

痛みがあるとかそういうわけではなく、体がだるいだけだ。きっと季節性のものだろう。

ソファに座り、厚手の膝掛けをかける。ハーブティーのカップを傾けながら、庭を眺めた。

あれほど青々としていた芝生は色褪せ、剪定《せんてい》を終えた薔薇の木が寒々しい。

天気がよいので優しい陽射しが降り注いでいるけれど、冬の庭は寂しいものだ。

薔薇の新苗は、一年目にはあまり花を咲かせないのが育てるコツだそうなので、満開の薔薇が見られるのはまだ遠い。

けれど次の春にはたくさんの薔薇が咲くと庭師が言っていたので、楽しみにしている。

左手の薬指には、新しいプラチナリングが光っていた。

晴政が特別にオーダーしてくれた結婚指輪だ。リングの内側にはダイヤモンドが埋め込まれていて、ふたりのイニシャルが刻印されている。

紛失したものはついに見つからなかったが、晴政は「気にしなくていい」と言って、新しいほうをつけてくれている。

今度はなくさないよう、気をつけないと。

指輪を見るたびに、晴政が約束を守ってくれたことを実感して、胸に喜びが溢れた。

時計に目を移すと、昼時になっていた。

午後からは琴の稽古があるから、そろそろ昼食にしよう。

そう思ったとき、ピンポーン……と呼び鈴が鳴る。

「あら……誰かしら」

来訪の予定はないが、もしかすると近所の人だろうか。

ソファから立ち上がった美穂はインターホンで応対した。

「はい。どちらさまで……」

言いかけて、息を呑む。

にこやかな笑顔でインターホンに映っていたのは、亜矢乃と杏だった。

継母と妹が、今さらなんの用だろうか。

美穂の脳裏に忘れかけていた記憶がよみがえる。それはふたりからいじめられ、不当な扱いを受けていた屈辱の日々だった。

結婚してからは幸せに恵まれたので、あれは異常だったと今ならわかる。

インターホンを切りそうになったが、亜矢乃は優しい声で話した。

「久しぶりね。まったく実家に来ないから、心配していたのよ」

「お姉様にお話があるの。入ってもいいかしら」

杏も穏やかな声を出す。ふたりとも、まるで人が変わったようだ。

考えてみれば、結婚してからは一度も小久保家を訪れていないので、詳しい話を知りたいと思った。もしかして、父になにかあったのかもしれない。

ひとまず話だけでも聞こう。

そう思った美穂はふたりに答える。

「わかった。入ってちょうだい」

そう言うと、ふたりは遠慮なく玄関扉を開けて入ってきた。

リビングを見回し、まるで主のようにソファに座る。

確かに親戚の家ではあるのだが、ふたりの横柄な態度に美穂は嫌なものを感じた。

おしゃれなワンピースを着た杏は唇を尖らせる。

「ふうん。いい家ね。お姉様は贅沢できてうらやましいわ」

「そんなことないけど……実家ではどうなの？　お父さんは元気？」

ふたりの向かいのソファに座った美穂が訊ねると、杏は眉を寄せる。

「お姉様が家を出ていってから最悪よ。お父様は急にケチになって、自由になるお金はほとんどないし、家政婦を雇おうとしないから家事をあたしにさせようとするのよ。もう、うんざり！」

どうやら資金援助により会社は持ち直したものの、父はそれを機に家計を引きしめることにしたようだ。というより、今までふたりが湯水のごとくお金を使って贅沢をしてきたのが、異常な事態だったのだと思うが。

父は元気らしいと知り、美穂は安堵する。

それに杏は逼迫《ひっぱく》したような言い方をするが、彼女の肌つやはよく、手荒れはなかった。贅沢ができないだけで、生活に困っている様子はない。

亜矢乃はさめざめと泣き出したが、目から涙は出ていなかった。

「なんて杏は不憫《ふびん》なんでしょう。それも間違いが起こったからだわ。今日はそれを正すために来たのよ」

「え……間違いって、なんのこと？」

晴政が資金援助をしてくれたおかげで、小久保家は安泰だろうと思う。

ふたりが家事をすることになって苦労しているのかもしれないが、それはどの家庭でも当たり前だろう。

美穂が目を瞬かせていると、泣き真似《まね》をしていた亜矢乃は一転して眦を吊り上げる。

「山城家の花嫁は、本当は杏なのよ。おまえが結婚相手というのは、間違いだったの」

「えっ⁉」

どういうことだろう。そんな話は初耳だった。

結婚式のときもなにも言っていなかったのに、なぜ今さら間違いだったなんて話が出るのか。

「だって、お見合いの話をお父さんがしたとき、そんなに年上の人との結婚なんて考えられないって、杏は言っていたよね」

「あのときは……山城晴政があんなにイケメンだったなんて知らなかったんだもの。恐い年寄りだって聞いてたのに、全然違うじゃない。それにこの家には使用人がたくさんいるんでしょう？　お姉様には楽な暮らしなんて似合わないわ。あたしが晴政さんと結婚するべきよ」

美穂が幸せだと知って、杏は妬ましくなったらしい。

晴政と結婚するはずだったのは自分だなんて突然言われて困惑する。

ちらっとうかがうような上目遣いを向けた杏は、「それにね」と付け加える。

「パーティーで噂になってるのよ。晴政さんの妻があんな地味な人だなんて、ふさわしくないって。山城家の名前に傷をつけてるのに、お姉様はよく平気でいられるわね」

そんな噂があるなんてまったく知らなかった。

晴政は初めに、周囲から見て恥ずかしくない妻でいるように心がけてほしいと言っていた。未《いま》だにパーティーなどの公の場には顔を出したことがないが、テーブルコーディネートサロンで夫人たちとの交流はあるので、その辺りから漏れているのかもしれない。

確かに上流階級の夫人たちと比べたら、凡庸さが滲み出ていて品格に欠けるかもしれない。美穂が周囲に笑われるのはともかくとして、山城家や晴政の名前に傷をつけていたなんて思わなかったので青ざめた。

亜矢乃は以前と同じように、きつい口調で命令した。

「おまえは身代わりなんだから、杏に譲るべきよ。そういうわけだから、この家から出ていきなさい。晴政さんには、わたしからお話しします」

「そんな……」

言い返したいのに、言葉が出てこない。

――私が晴政さんの妻です。

そう言うべきなのに、亜矢乃に命じられると萎縮してしまう。

まるで結婚前に戻ったような感じだ。結婚しても亜矢乃が継母であることは変わらず、杏が妹なのは同じだった。

美穂は逆らうことができず、うつむいてしまう。

「いいわね。おまえの財産なんてなにもないのよ。小久保の家に戻っていなさい」

「でも、晴政さんと話をしないと……」

彼に会わないまま家を出ていっていいものか。

せめて晴政の気持ちを聞きたい。

そう思って顔を上げると、怒りを漲《みなぎ》らせた亜矢乃に対面する。

美穂が継母に逆らうなんて、小久保家ではありえないことだった。

胸のうちには恐れが湧き上がる。それは美穂に染みついていたものだ。亜矢乃からきつい言葉を浴びせられるたびに黒い点がじわりと広がっていく。

私たち、離婚することになるの……?

戸惑っていると、苛々《いらいら》した杏が立ち上がった。

「早く出ていきなさいよ!」

どんと肩を押される。

よろけた美穂はテーブルの角に頭をぶつけた。

「うっ……」

咄嗟に手をついたので転倒はしなかったものの、目眩《めまい》を起こす。

杏と亜矢乃が口々に、美穂が悪いと喚き立てる声が耳奥に反響した。

これ以上家にいたら、さらに怪我をさせられてしまうかもしれない。

とにかく、一度ここを出よう……。

ふたりから追い立てられるように、美穂は家を出た。


小ぶりのバッグだけを持って家を出てきたものの、頭をぶつけたところがズキズキと痛みを訴えていた。

手で触れてみると血は出ていないが、もし重傷だったら大変なことになるかもしれない。

「病院に行かないと……」

幸い、保険証と財布は持っている。なんとか歩けるので、美穂は近くの総合病院へ向かった。

病院に入り、受付で頭を打った旨を話す。

かなり顔色が悪かったらしく、すぐに看護師を呼ばれた。

美穂は駆けつけてきた看護師に連れられて、ひとまず処置室の隅にあるベッドに体を横たえる。頭を打ったときの状況を訊ねられたので、自分で転んでテーブルにぶつけたと説明した。

どうしよう……。もし手術が必要なんてことになったら……。

晴政に迷惑をかけてしまう。そうでなくても、継母と妹が言ったことを受け止めきれていないというのに。

頭が混乱して、涙が出てくる。もう家に帰れないのだろうか。

ぶつけた箇所はひどく痛む上に、心も掻き乱されていた。

ベッドの上で、美穂は声を殺して泣いた。

やがてカーテンを開けて医師が入ってきた。美穂は慌てて涙を拭う。

「山城さん、どうですか。転んで頭を打ったということですが、かなり痛いかな？」

「は、はい……。痛いです」

「頭部のCT検査をしてみようと思いますが、妊娠の可能性はありますか？」

「えっと……」

晴政とは毎晩のように営みを行っていたので、妊娠の可能性はある。そういえば前回の月経が訪れたのはいつだったろう。

だけど、私たちは離婚するかもしれないのに……。

答えに窮していると、医師は平静に告げた。

「CTは微量ですが被曝《ひばく》しますので、妊娠しているとできません。念のため検査薬を使いましょう」

医師から指示を出された看護師が、用意を始める。

妊娠検査薬の白いスティックを取り出した看護師に、使い方を説明された。

美穂が検査薬を使うのは初めてだ。これまでは晴政の情熱を受け止めるのに精一杯で、妊娠を意識する余裕がなかった。

だけど、もしも妊娠していたら、困ったことになるのだが。

どきどきしながら処置室の中で検査をする。一連の作業を終えて看護師にスティックを手渡してから、再びベッドに横たわる。

数分後、微笑を浮かべた看護師が優しい声で告げる。

「山城さん。妊娠していますよ」

「……えっ」

思いがけない結果に、美穂は目を見開いた。

看護師から検査薬を見せてもらうと、スティックの判定窓部分には、くっきりと青いラインが二本引かれている。妊娠すると特有のホルモンが分泌されるため、陽性反応が出るのだという。

私は……妊娠しているの⁉

晴政の子が、お腹《なか》にいる。

何度見返しても、青いラインは陽性を示していた。

どうしよう。まさか、妊娠していたなんて。

事実を受け止めきれず、呆然としてしまう。

妊娠しているためCT検査はできないので、医師の診察のみを受けた。

頭を打ったことについては経過観察と診断され、自宅で様子を見ることになった。

時間が経つと、頭の痛みは引いてきた。吐き気はなく、気分も悪くないので大丈夫だろうと思う。

それとは別に産婦人科を受診して、正式に妊娠三か月と告げられる。

小さな赤ちゃんが写ったエコー写真を手にすると、自分の体に命が宿っている実感が湧く。

病院の椅子で会計を待つ間、美穂はじっと写真を見つめていた。

この子と、どこへ帰れるというのだろう。

自宅には継母と妹がいて、晴政の帰りを待っている。

このまま家へ戻っても、また妹に突き飛ばされでもして、お腹を打ったりしたら今度こそ大変なことになってしまう。

赤ちゃんを、守らないと……。

病院を出た美穂は、近所の公園へ足を運んだ。

空は厚い雲に覆われ、夕刻が迫っているため辺りは薄暗い。公園で遊んでいる子は誰もいない。

寒々しい広場の隅にあるベンチを見つけて、美穂は腰を下ろした。

溜息をつくと、白い息がこぼれる。寒さのため、指先がかじかんだ。

赤ちゃんができたらいいな、とは思っていた。

それを報告したら、きっと晴政は喜んでくれたのではないか。

だけど、今はもう状況が違う。

本当は妹が晴政と結婚するはずで、美穂は身代わりだったという。

確かに、美穂が見合いの話をされる前に、父は亜矢乃と杏に最初に話していた。あのとき杏が断ったから、では美穂にしようとなったのか。

所詮は政略結婚なので、どちらでもよかったのかもしれない。

だからこそ初めに話をされたほうの杏に権利があると主張されたら、美穂は承諾しなければならないのだろうか。

せっかく晴政さんと心を通わせたのに……。

お見合いが最初はどんな条件だったとしても、優しい彼は美穂を選んでくれるかもしれない。けれど、杏がパーティーで聞いた「晴政の妻にふさわしくない」という言葉が重く伸しかかっていた。無理に自分が妻だなんて押し通すことは美穂にはできない。ましてや子どもがいるなんてことを盾にとれない。

でもたとえ晴政と別れることになっても、彼に愛された証として、子を産み育てたかった。

彼に負担をかけさせないためには、身を引いて遠くにでも行くべきなのだろう。

「私は、晴政さんに、幸せになってほしい……」

つぶやいた言葉が、白い吐息となって空中に溶けていく。

別れた妻との子どもがいると知ったら、きっと晴政は面倒を見ようとするだろう。

そうなっては継母と妹がなにをするかわからない。子どもにとっても、晴政にとっても幸せが遠のいてしまう。もとは美穂の家の事情なのに、晴政をトラブルに巻き込みたくなかった。

自分が幸せになりたいがために結婚したわけではない。

晴政と子どもの幸せのためならば、離婚することも受け入れなければならないのだ。

でも、本当にそれでいいの……？

晴政のことが好きなのに、愛しているのに、諦めなければならないのか。

彼のためを思えばこそ別れようと思うのに、自分の気持ちが先立ってしまう。

そんな自分に滅入《めい》り、激しく落ち込んだ。

ひとりでに涙がこぼれてしまい、頬を雫が伝う。

もう涙は宵闇に紛れて、誰の目にも入らない。

はらりと粉雪が降ってきた。

街灯の明かりが雪により鈍色に陰る。

世界が灰色に染まっていく、そのとき――。

明かりのもとに、人影が映る。

背の高いその男性は、こちらに気づいたようで足を止めた。

彼はコートの裾を翻し、駆け寄ってくる。

「美穂！」

名を呼ばれて息を呑む。

それは愛しい夫だった。晴政が捜しにやってきたのだ。

まさかここへ来るなんて思ってもみなかった。

驚いた美穂は呆気にとられながら、必死の形相をしている晴政が近づいてくるのを見つめていた。

息を整えた彼は身を屈めて、顔を覗き込む。

「心配したぞ。どうして俺に連絡しなかった」

「あ……その……」

いろいろなことがあって、どう言えばいいのか考えがまとまらない。

晴政は一度家に帰っているはずなので、事情を知っていると思えた。それなのにどうして美穂を捜しに来たのだろう。

冷えた手に、そっと大きなてのひらを重ねられる。

熱くて頼もしい夫のぬくもりに泣きそうになり、ぎゅっと唇を引き結んでこらえた。

「こんなに冷えるまでここにいたのか。とにかく家に帰ろう」

「でも、家には、亜矢乃さんと杏が……！」

晴政の双眸に険しい色が宿る。

彼は美穂の前に跪くと、淡々と言った。

「ふたりから話は聞いた。帰ってもらったから、家には誰もいない」

「そう……。それじゃあ、杏が本当は晴政さんの妻になるはずだったっていうことも、聞いたのね……」

そうだとしたら、美穂が晴政と同じ家に帰る資格なんてない。

項垂れると、晴政にきつく手を握られる。

「俺の妻は、きみしかいない」

力強く告げられた台詞に、はっとして顔を上げる。

煌めく双眸が、まっすぐに美穂を見据えていた。

晴政は切々と自らの想いを言葉にのせる。

「俺はほかの女性を愛さない。永久にきみだけを愛し続ける。だから俺を信じてほしい」

真摯に紡がれる告白が、胸に染み渡る。

晴政の袖口に、オパールのカフスボタンが光っていた。

その輝きを目にして、美穂はいつも彼の傍に自分がいたことを思い出す。

晴政が愛しているのは自分なのだと、オパールの虹色の煌めきが教えてくれた。

いつだって晴政は、誠実さをもって向き合ってくれた。

彼の言葉を信じたい。

それに、晴政を信じようと、避暑地で誓ったのを思い出す。

自分の想いを裏切るのは、彼から与えられたまっすぐな気持ちを踏みにじることになりかねない。

美穂はゆっくり頷く。

「わかった……。家に帰ります」

そう言うと、晴政は安堵の笑みを浮かべた。

彼のコートの襟にも、髪にも、細やかな雪の粒がついている。

きっと美穂を捜して駆け回ったのだ。

「よかった。体を冷やしてはいけない。近頃、体調が悪かったろう」

どきりとして、美穂は肩を揺らす。

体調が悪かったのはきっと、妊娠していたからに違いない。

晴政には、疲れているからと言っていたけれど、彼も心配していたのだ。

「あの……晴政さんに、言わないといけないことがあるんだけど……」

いつまでも隠し通してはおけない。

それに、お腹の子の父親は晴政なのだから、彼も知っておくべき事柄だと思う。

「なんだ?」

不思議そうな顔をした晴政に、どう言えばよいのか迷う。

美穂は下腹に手をやり、まだ平らなそこを示した。

「ここに、いるの……」

晴政との愛の証が形になったことを伝える。

すると彼は目を見開いた。

「美穂、まさか……?」

「病院に行ったら、妊娠三か月だって」

「そうか。子どもができたのか……!」

ぎゅっと晴政に抱きしめられる。

彼は喜んでくれるのだ。

子どもができたことをパートナーが祝福してくれるという幸せを目の前にして、感動で胸が熱くなる。

「晴政さん……喜んでくれるの?」

「もちろんだ。俺は、美穂との子どもがほしかった」

その言葉に、至上の幸福がすべて詰め込まれていた。

晴政のコートを、きゅっと手で握りしめる。

ひとりでいたときにかじかんでいた手は、ぬくもりが宿っていた。

彼の熱い手に温められたから。

美穂にとっても、夫は晴政しかいなかった。

彼と別れるなんて、できない。離れて暮らすなんて考えられない。

晴政の傍で、彼の子どもを産みたかった。

「私……あなたと別れたくない。晴政さんの子どもを、産みたい」

「産んでくれ。妻と子どもを、俺は生涯大切にする」

感激が溢れて、胸が打ち震える。

美穂は喜びの涙を流した。

「嬉しい……」

「俺はいつも、ふたりの幸せを考えている。だがこれからは、三人だ。家族の幸せを
一緒に考えていこう」

「うん……」

声が震える。晴政の胸に顔を埋めて、美穂は何度も頷いた。

雪の降りしきる中、ふたりはずっと抱き合い、互いの体温を分け合っていた。


数日後、美穂は晴政とふたりで、小久保家を訪問することになった。

継母と妹は一旦家に帰ったものの、今度はいつ行くなどと電話をかけてきたので、晴政が正式に父を交えて話をすると返答したのだ。

美穂が継母と妹に、自分の意見を通せたことなどない。

だけど今は晴政がいる。

彼が傍にいれば、話し合いができると思った。

小久保家へ向かう車の中で、緊張した美穂は結婚指輪を嵌めた左手を右手で握る。

内側に嵌められているダイヤモンドが、ざわめく心を鎮めてくれる気がした。

するとハンドルを操作していた晴政は、ちらとこちらに目を向けた。

「大丈夫だ。美穂はなにも心配しなくていい」

「うん……」

もしも彼が、杏に惹かれたらどうしようという不安は胸の片隅にある。

亜矢乃と父に説得されて、晴政が妹と結婚するなんてことになったら、美穂は正気を保てないかもしれない。

それほどに晴政を愛している。

だからこそ、彼を疑ったりしない。最悪の事態なんて起こらないと、自分に言い聞かせる。

やがて車は小久保家に辿り着いた。

美穂が挙式した日に出て以来、初めて訪れるが、あらためて寒々しい家だと思った。

庭は一切手入れがなされておらず、荒れ地のよう。

家屋は補修されているものの、どこか歪な気配が漂っていた。

車から降り、晴政とともに玄関に立つ。

どきどきと心臓が嫌なふうに鳴り響いた。

彼は後ろに立っている美穂を振り返り、安心させるように微笑みかける。

「俺が傍にいる。美穂は話したくなければ、俺に任せてくれ。だから入ってもいいな?」

「ええ、大丈夫よ……」

頷くと、晴政が呼び鈴を押す。彼は玄関扉を開けると「こんにちは」と重低音の声を廊下に響かせた。

するとと、すぐにリビングから亜矢乃が顔を出す。

「まあまあ、よくいらっしゃいました。山城様、どうぞお上がりになってください」

亜矢乃は茶会に行くときと同じような豪華な着物を着ている。

家の中は綺麗だが、美穂が掃除していたときとは異なり、廊下の隅や棚の上には埃《ほこり》が積もっていた。

「失礼する」

晴政は革靴を脱いで廊下に上がったので、美穂も続こうとする。

だがパンプスを脱いだところで、スリッパがひとつしかないのに気づき、はっとした。

わかっていたことだが、亜矢乃は美穂の存在を無視している。

美穂は晴政の隣にいるにもかかわらず、目に入らないし、スリッパも一組しか用意する必要がないと思っているのだ。

つんと美穂から顔を背けた亜矢乃は、廊下の向こうで待っている。

晴政はこちらを振り返った。

「美穂、スリッパを履くんだ」

「でも、一組しかないから……」

「俺はいい」

察した晴政は、もう一組のスリッパを用意してくれとは言わない。

靴下のまま晴政が廊下を歩いていったので、仕方なく美穂はスリッパに足を通す。

それを見ていた亜矢乃が刺すような眼差しで美穂を見たが、すぐに晴政に笑みを向けた。

晴政は無表情だ。彼のあとについてリビングに入ると、父と杏がすでに待っていた。

ソファから立ち上がった父が慇懃に挨拶する。

「ようこそいらっしゃいました、晴政さん。どうぞ、おかけになってください」

「それでは——。美穂は俺の隣に座るんだ」

うつむいた美穂は晴政の言うことに、小さく頷く。

やはり父すらも、美穂に言葉をかけることはない。晴政のおかげで会社が持ち直せたのだから、父が彼を大事にするのは当然だが、美穂を気遣う言葉が少しくらいあるのではと期待していた。

でもそんなわけはなかった。小久保家にいたときから、どんなに美穂がいじめられていても、父は我関せずという態度を貫いていたのだから。

晴政の隣に腰を下ろすと、杏がこちらを睨みつけてくる。

パーティーで着るような豪華なドレスをまとっている杏は、家のリビングではどこか異質な感じがした。

妹の視線を避けるように、美穂はいっそう顔をうつむかせる。

この家にいると、昔に戻ったような感覚になり、美穂は自分の尊厳を奪われるような気になった。悪いのはすべて美穂であるという洗脳が心の奥底からひねり出されてくるようだ。

盆にお茶をのせてきた亜矢乃が、晴政の前に茶碗《ちゃわん》を置く。

もちろん美穂の分はない。

「どうぞ、粗茶ですが」

猫撫で声を出す亜矢乃になにか言いかけた晴政だが、口を閉じた。彼の拳は膝の上から動かず、茶碗に手を伸ばそうとはしない。

父の隣に座った亜矢乃は、さっそく切り出す。

「山城様、この間の件、お考えになってくださいました？　うちの杏こそが、あなたの本当の妻になる権利があるんですよ」

杏も得意顔をして言った。

「晴政さんとお見合いするのは本当はあたしだったのよ。お姉様なんかより、あたしのほうが美人だし、性格も明るいわ。あたしを花嫁にしてちょうだい」

ふたりが堂々と言うのは、それが当然だと思っているからにほかならない。晴政が承諾さえすればよく、美穂の意思なんて関係ないのだ。

父はふたりの言い分を黙って聞いていた。やはり父も同じように思っているのだろうか。

晴政は、そんな父に問いかける。

「これは、小久保家の意見なのか？　お義父《とう》さんはどういった考えか聞かせていただきたい」

目を揺らした父は、ちらと同席した面々の顔を見やる。

隣の亜矢乃がきつい眼差しを父に向けていた。威圧を込めたその目を見て、父は咳払いをこぼす。

「見合い話を先にしたのは杏ですから、権利があるといえばそうですし……。妻と杏がどうしてもと言うので山城さんをお呼びしましたが、すべては山城さん次第でして……」

気まずげに答える父は曖昧だった。周囲に配慮しての無難な意見らしいと察する。

やはり、晴政も杏のほうが妻にふさわしいと思うのだろうか。

彼を信じているものの、美穂の胸は不安が広がっていた。妹は美人で愛嬌《あいきょう》があり、両親から愛されているという自信に満ちている。一方、美穂は凡庸で自信なさげにうつむいている。どちらを花嫁にしたいかと問われたら、男性は杏を選ぶだろう。

晴政は重ねて父に質問した。

「見合い話を先にしたのは妹のほう、とのことだが、実際に見合いに来たのは美穂だ。お義父さんは美穂を結婚させることに前向きだったとお見受けしたが、そうではなかったのか？」

「それはそうなのですが、杏がいたから先に話をしただけです。わたしとしては山城家の嫁を務められるのは家事が得意な美穂だろうと思ったので見合いに行かせたのですが、今になって杏がどうしてもと言うならそれでもよいかと……」

資金援助のためなので、どちらが結婚してもよい。

本音としてはそうなのかもしれないが、はっきり言うことができないのであろう父は口ごもる。

そんな父に、晴政は険しい眼差しを向けた。

「大変卑怯《ひきょう》な言い逃れと言わざるを得ない。あなたは資金のためなら美穂の人生がどうなってもいいのか」

晴政との結婚生活で、彼は情が深い人だと実感していた。けれど今、心を開いた相手以外には彼がとても冷酷な声を向けるのだということを目の当たりにしている。

図星を指されたのか、首を竦めた父は押し黙った。

すると、杏が身を乗り出した。

「違うの！　お姉様が無理やり見合い話を奪ったのよ。可哀想《かわいそう》だから譲ってあげたんだけど、でもそれは晴政さんのためにもならないでしょう？」

「えっ……奪ったなんてことは……」

杏はあのとき「おじさんと結婚なんて無理」と、はっきり拒絶していた。妹に結婚するつもりはなく、そもそも晴政との見合いは、父が美穂に言いつけたものだ。

それなのに奪っただなんて、完全に言いがかりだった。

思わず美穂は嘘を正そうとするが、それは小久保家においては無駄なことだった。

美穂を睨みつけた杏は腰を浮かしかけたが、晴政の前で暴挙に及ぶわけにもいかないと思ったらしく、澄まし顔をして座り直す。

代わりに口端を吊り上げた亜矢乃が、揚々と言った。

「杏の言うとおりなんです。コレはいつも妹のものを奪うんですよ。杏はわたしの産んだ娘なので気立てがよいですから、山城様の花嫁にふさわしいでしょう。ソレはどうせなんの役にも立たなかったでしょうから、うちに置いていってけっこうです」

美穂を傷つける言葉が次々に吐かれる。

この家ではいつでも美穂が悪者になる。美穂が愚図で無能だからすべて悪いと、継母と妹により決められている。

晴政と結婚して忘れかけていたことが思い出され、ずしりと心が重くなる。

まるで墨汁で塗り潰したように、なにも感じない心に変わっていく。

そのとき、晴政が亜矢乃に言った。

「あなたは、美穂の名前を知らないのか？　自分が産んだ娘が可愛いというのもわからなくはないが、美穂だってあなたの娘だろう」

彼の言葉に、ぽかんと亜矢乃は口を開けた。

亜矢乃にとっては杏しか娘ではなく、美穂は無料の家政婦と同じと考えているからだ。それまで継母が美穂を物扱いするのは小久保家では当たり前のことだったので、誰からも娘だなんて指摘されなかった。

「そういうことをお話ししているのではないんですよ。山城様は杏と結婚してくださるんでしょう？　よろしいですね？」

気を取り直した亜矢乃は、自分が気になっている点のみを確認する。

言質さえ取れれば、すぐにでも晴政から美穂を引き剥がすつもりだろう。そして山城家の花嫁は杏となり、美穂には以前と同じように家事をさせればいい。

継母の描いた絵図のとおりになってしまうのか。

美穂は恐れを感じて、身を震わせる。

そのとき、膝で握りしめている手に、そっと晴政が大きなてのひらを重ねた。

彼の袖口には、オパールのカフスボタンが輝いている。

虹色の煌めきが、臆する心をまっすぐに射貫く。

はっとして顔を上げた美穂に、晴政はゆっくりと言った。

「美穂はそれでいいのか。俺と別れて、小久保家に戻ってくるつもりか」

「私は……」

自分の意思を確認されるなんて思ってもみなくて、美穂は戸惑う。

だけど、晴政はいつだって美穂を尊重してくれた。小久保家とは違う。美穂の気持ちを考えて、彼は行動してくれていたのを思い出す。

「俺は、きみの気持ちを知りたい。美穂は小久保家の長女であり、この家に生まれた娘だ。家族にもきみの考えを表明して然るべきだと俺は思う」

私の考えを、家族に表明する……？

そんな発想はなかった。いつだって美穂は虐げられた存在で、自分の意見なんて言える立場ではなかった。この家の長女だなんて言ってくれたのは、晴政だけだ。

どう思っているのか、言ってもいいの……？

継母と妹がこちらを睨んでいるのが目の端に入ったが、まっすぐに美穂を見ている晴政の双眸に吸い込まれる。

彼の瞳には、美穂だけが映っていた。

握られた晴政の体温から勇気をもらった美穂は、口を開く。

「私は、晴政さんと別れたくない。ずっと、あなたの妻でいたい」

はっきりと、みんなの前で自分の気持ちを伝えられた。

それは美穂にとっては偉業とも言えるほどの、とても大きなことだった。

晴政と別れたくないという強い気持ちが胸にあった。

晴政が好きだから、彼と離れるなんて考えられない。お腹の子のためにも、これからも一緒に暮らしたい。

夫への信頼があるから、美穂はみんなの前で言えたのだ。それまでの虐げられた自分のままではいたくなかった。

従順だったはずの美穂に刃向かうようなことを言われたので、亜矢乃は激高する。

「なんですって⁉　よくもそんなことが言えるわね！」

立ち上がった継母が美穂に詰め寄る。杏も席を立ち、憐憫《れんびん》を誘うような表情を浮かべて晴政の腕にしがみついた。

「ひどいわ！　お姉様はいつも身勝手だから、あたしが可哀想。晴政さんだって、そう思うでしょう？」

縋りつかれた晴政は、無情に杏の手を振り払う。

冷徹さを露わにした彼は、守るように美穂の肩を抱き、もう片方の手はしっかりと結婚指輪を嵌めた手を握った。

「俺の妻は、美穂だけだ」

力強く告げられた言葉が、しんとした室内に溶ける。

晴政は、詰め寄るふたりに鋭い眼光を向けた。

「美穂と別れるなど、ありえない。彼女が妹から見合い話を奪ったなどというのは虚言だとわかる。仮に美穂以外の女性と見合いしたとしても、俺は断っている。だからほかの女性を妻にするという可能性は一片もない」

「そんなの……晴政さんはお姉様に騙《だま》されているのよ。それにパーティーに連れていくなら、あたしみたいな可愛い女のほうがいいに決まってるわ。お姉様は山城家の嫁にふさわしくないって、噂されてるんだから」

弱々しくつぶやいた杏に、晴政は言い放った。

「それも虚言だ。もし本当に噂があったとしても、誰が俺の妻にふさわしいかは他人には関係ない」

力強く言い切った台詞は、美穂の胸に安堵をもたらす。

自分は山城家と晴政の名前を傷つけているのではないかと不安に思ったが、それは杏の嘘から引き出されたものだった。もしもそういった声があっても、単なる噂なのだから気にする必要はないのだと、晴政の言葉で気づかされる。

彼は厳しい眼差しで言う。

「身勝手な狡《ずる》い人間に興味はない。姉と思うのなら、美穂を貶《おとし》めるのはやめろ」

自分の思いどおりにならないと察した杏は、唇を噛みしめる。

晴政は明確な意思を表した。

さらに彼は亜矢乃に低い声音で告げる。

「あなたがたは美穂を物のように扱っている。そんな人間とは関わらせたくない。今後一切、我々は小久保家に足を踏み入れない。二度と山城家にも来ないでくれ」

最後通牒《つうちょう》を突きつけられ、亜矢乃は呆気にとられている。

彼に抱きしめられたまま立ち上がり、美穂は晴政とともにリビングから出る。

すると、慌てた父は腰を浮かせた。

「待ってください、山城さん。妻と娘が勝手なことをして大変申し訳ありませんでした。しっかり言って聞かせますので、どうか縁を切るのはご容赦ください」

テーブルに両手をついて頭を下げた父を、美穂は悲しい目で見やる。

父がそう言うのは、今後の資金提供を考えた上でのことかもしれないが、父を見放すのは美穂としても本意ではなかった。

だけど、ここにいたら、また継母と妹の思惑に嵌まり、自己肯定感が下がってしまうのではないかという懸念がある。

唇を噛みしめた美穂を気遣うように、晴政は言い残した。

「それは今後のあなた次第だ。俺は妻と子を大切にするので、見守っていただきたい」

暗に美穂が妊娠していると言うと、小久保家の面々は呆然とした。

彼らを残して、ふたりは小久保家をあとにする。

晴政の手で丁寧に車の助手席に乗せられた美穂は、安堵の息を漏らした。

彼は美穂の尊厳を守ってくれた。悲惨だった過去からも、美穂を救ってくれたのだ。

これからも、晴政の妻でいられる。

彼と一緒に暮らして、子を産める。

その未来へ向かっていけることがなによりも嬉しかった。

車のシフトレバーを入れた晴政に、美穂はぽつりと告げた。

「ありがとう、晴政さん……。私が勇気を出せたのは、あなたのおかげです」

つと、シフトレバーから手を離した晴政は、しっかりと美穂の手を握る。

袖口から覗くオパールのカフスボタンとともに、薬指の結婚指輪が、きらりと光った。

「二度ときみを踏みにじることを、彼らには言わせない。美穂には新しい家族がいる。一生、俺が傍にいる。それを忘れないでくれ」

「うん……。わかった」

「子どもが生まれたら、家族が増える。美穂に寂しい思いはさせない」

彼の言葉に、美穂は深く頷く。

家族に虐げられていたのは過去になった。美穂の胸には、晴政に愛されているという誇りが生まれていた。

ありのままの美穂を晴政は愛し、包み込んでくれたから。

もう、うつむくのはやめよう。

芽生え始めたばかりの自信だけれど、夫と生まれてくる子どものためにも、愛情深い自分でいたい。
冬の柔らかな陽射しの中を、ふたりを乗せた車は走り出した。

# 終章　年上旦那様の溺愛

薔薇の花が可憐な蕾《つぼみ》を見せている春の日――。

山城家には赤子の笑い声が響き渡る。

晴政の子を妊娠した美穂は、そのあと十月十日を経て無事に男の子を出産した。長男は生後半年以上を過ぎ、今は穏やかに暮らしている。

「見て、晴政さん。蓮《れん》はお座りも安定しているの」

「おお、すごいな。足腰が強そうだから、蓮はサッカーが向いてるんじゃないか？」

「うふふ。気が早いわよ」

ソファにお座りした息子の足を、晴政はそっと撫でた。

赤ちゃんの足はまだ小さくて柔らかい。

だけどお座りをしたらもうねんねの赤ちゃんではなくなり、子どもとして成長していくのを感じた。

息子の名は、蓮と名づけた。

出産したその日から、昼夜を問わず三時間おきくらいに母乳をあげる生活が始まり、子育てがこんなに大変なものとは想像していなかったけれど、晴政が夜泣きに対応してくれるのでとても助かっている。

彼だけでなく、復帰した照代や北見がサポートしてくれるので、美穂は息子に向き合える余裕があった。

みんなからの愛情を受けてすくすくと育っている蓮は、あやすといつも笑いかけてくれる。

「あうー」

「蓮、なあに？」

「まー」

はっとした美穂は小さな息子のぷくぷくした体を抱きしめる。

「もしかして、『ママ』って言おうとしたの⁉」

「んまー」

まだ喃語《なんご》しか喋れないのはわかっているのだけれど、子どもから「ママ」と呼ばれるのは憧れだから期待が高まってしまう。

楽しげに笑った晴政は、小さなクマのぬいぐるみを蓮の前で左右に振る。

「この調子ならすぐに喋りそうだ。生まれたと思ったら、子どもは瞬く間に成長していくな」

「そうね。どんどん大きくなっていくわ」

夫と子がいてくれて、美穂は幸せに包まれていた。

小久保家を訪問したのが遠い昔のように感じる。

あれから父が言いつけたのか、継母と妹が接触してくることはなくなった。会社の経営は順調なようで、たまに電話をくれる父は「こちらのことは心配ない」と言っている。

蓮が無事に生まれたことは伝えてあるものの、小久保家を訪問する予定はなかった。美穂としては、蓮のためにも行かないほうがよいと思っている。

だけど蓮が成長すれば、様々なことを知ろうとするだろう。

たとえば、自分に祖父母はいないのか、とか……。

「……蓮が『おじいちゃん、おばあちゃん』と喋り出したら、どう答えたらいいのかしら」

ぽつりとつぶやいた美穂に、晴政は動きを止める。

彼はぬいぐるみを蓮の手に預けると、神妙に話し出した。

「それなんだが、俺の両親に会ってくれないか？　蓮にとって祖父母にあたる」

「えっ……でも、晴政さんのご両親は海外で暮らしているんでしょう？」

晴政の両親には、まだ公の場以外で挨拶したことがない。

通常なら結婚前に訪問して挨拶するべきなのだが、「海外にいるからあとでいい」と晴政に説明されたのだ。晴政の父親はグループ会社の会長だが、今は息子たちに任せて悠々自適の生活のようである。結婚式には出席してくれたものの、スケジュールをこなすのに忙しくて、まともに顔を合わせていない。

もしかしたら、ご両親は結婚に反対なのでは……と思うと、美穂のほうから会わせてほしいとは今まで言い出せなかった。

「今は日本に帰ってきている。騒がれるからあまり会うのに乗り気ではなかったが、孫の顔を見せろとうるさくてな」

「そうなのね……」

美穂はぬいぐるみを手にして無邪気に笑っている蓮に目を向けた。

山城家の嫁として認められなかったらどうしようという恐れはある。小久保家では冷遇されていた過去が美穂を迷わせた。

だけど、孫の蓮に会いたいと晴政の両親が言っているのなら、少なくとも蓮だけは家族として歓迎されるのではないか。

祖父母がいることを蓮に黙ったままでいたくない。

子どものためにも向き合おうと決意した美穂は、晴政に告げる。

「私も、きちんとご挨拶したいと思っていたの。ぜひご両親に会いたいです。蓮の顔も見てほしいから」

「そうか。それなら家族で山城家の実家に行こう」

晴政がいてくれたなら、なにがあっても大丈夫だ。

それに私は蓮の母親なんだから、しっかりしないとね……。

気持ちを奮い立たせた美穂は、蓮の小さな背をさすった。

数日後――。

いよいよ山城家の実家を訪問する日になった。

菓子折は準備したし、蓮には新品のオールインワンを着せた。離乳食とともに母乳を飲ませてから、げっぷをしたので大丈夫だろう。これをきちんとしないと飲んだミルクを吐いてしまって、服がずぶ濡れになるのは何度も経験している。

自分の支度もしないといけないので忙しい。美穂は晴政に蓮を預けると、慌てて着替えた。

晴政からプレゼントされたおしゃれなワンピースを着て、薄化粧を施す。

長い黒髪もヘアブラシで丁寧に梳いた。普段は子育てに忙しくて、綺麗な格好をする機会がほとんどない。

リビングのソファで蓮をあやしていた晴政が声をかけた。

「美穂、ゆっくりでいいんだぞ」

「うん。……あっ、蓮の靴下もバッグに入れないと」

慌ててクローゼットから替えのための小さな靴下を取り出す。

子どもがいると荷物がとても多くなってしまう。

ミルクと哺乳瓶にオムツ、着替え一式に授乳ケープなど。

母乳とミルクの混合で育てているため使用するアイテムが多く、マザーズバッグはいっぱいに膨らんでいた。

ようやく支度を終えてリビングへ行くと、照代がポケットティッシュを持ってきて、マザーズバッグのポケット部分に入れる。

「ありがとう、照代さん。ティッシュはいくらあっても足りないのよね」

「忘れ物はありませんか？　そうそう、スタイの替えもあったほうがいいですよ」

照代は孫が三人いるそうなので手慣れたものである。蓮のこともまるで自分の孫のように可愛がってくれていた。

以前は使用人に礼を言わないものだと注意していた晴政だが、もはやなにも言わなくなった。あらためて、彼がありのままの美穂を愛してくれているのだと感じている。

準備が整い、蓮を抱っこした晴政は菓子折の入った箱を持つ。美穂はマザーズバッグを肩にかけた。

「それじゃあ、行ってくる」

「いってきます、照代さん。あとはよろしくね」

にこやかな笑みで礼をした照代に見送られ、玄関を出る。

そのとき、ふと晴政が睫毛を瞬かせた。

「そうだ。忘れていた」

「え、なにか忘れ物?」

こちらを振り向いた晴政が、チュッと美穂の唇を奪う。

不意打ちのキスにびっくりして、呆然としてしまう。

夫は蓮を抱っこしているので、子どもの柔らかな感触がくっついたのが、熱い唇と同じくらい心地よさを感じた。

突然のことに、美穂の顔が熱くなる。

「……どうしたの？」

「これからは、〝いってきます〟と〝おかえり〟のキスを習慣にしよう。それが円満な夫婦の証というものだろう？」

夫婦の証がどうこうというより、晴政がキスしたいだけではないだろうか……。

晴政は十七歳も年上なのに、可愛らしいところがある。

〝あーん〟してほしいとねだったり、〝いってきます〟と〝おかえり〟のキスをしようと言ったり。

もちろん美穂は嫌なわけではない。むしろ夫とそういった触れ合いができるのは嬉しかった。しかも、もう新婚というわけでもなく、子どもが生まれているのに、甘いやり取りができるなんて思わなかった。

年上だからなんて関係ないのね……。晴政さんが私を愛していてくれるからなんだわ。

微笑を浮かべた美穂は頷きを返す。

「ふふ。わかりました。私も晴政さんと、キスしたいから」

「俺の妻は誘うのが上手だ。今夜は流星のようにキスが降ることになる」

「もう、これ以上はやめて車に乗りましょう。蓮が聞いてるわ」

蓮は、大きな目で瞬きをした。

微苦笑をこぼした晴政は「まだわからないだろう?」と蓮に話しかけると、車のチャイルドシートに乗せた。


山城家の実家は、郊外の高級住宅地にある。

ずらりと瀟洒な邸宅が建ち並ぶ通りを、美穂たちを乗せた車は進んだ。

その中のひとつの屋敷の門前に停車する。

数寄屋《すきや》造りの門に掲げられた表札には『山城』と達筆な文字が刻印されていた。

「ここだ」

「……想像してたけど、すごいお屋敷ね」

山城グループの本宅なのだから、とてつもない豪邸だろうとは思っていたけれど、想像を遥《はる》かに超えている。

壮麗な門の向こうにそびえ立つ屋敷はまるで殿様が住む御殿のようだ。

庭木の松は悠々と枝を伸ばし、整然と並んだ犬柘植《いぬつげ》は綺麗に刈り込まれている。

車庫に停めた車から降りて、蓮を抱っこした美穂は息子に言った。

「今から、蓮のおじいちゃんとおばあちゃんに会えるのよ」

蓮は不思議そうな顔をして周りの景色を見ている。

初めて来た場所なので、どこだろうと思っているようだ。

荷物をすべて持った晴政は、玄関を開ける。

老舗旅館のごとく広い玄関には数名の家政婦が控えていて、「おかえりなさいませ、晴政様」と挨拶された。

圧倒された美穂は、身を縮めながら用意されていたスリッパを履く。家政婦に案内されて、晴政とともにリビングへ赴いた。

豪勢なリビングのソファには、老齢の紳士と婦人が座っていた。

ふたりが晴政の両親だ。式で一度会っているが、やはり晴政は義父の顔立ちによく似ている。義母も美しくて優しそうな人だ。

蓮を抱きしめた美穂は、どきどきしながら入室した。

両親の向かいのソファに、晴政と並んで座る。蓮の顔が見えるよう、小さな体を正面に向けた。

「あらためての紹介になるが、俺の両親だ」

「こ、こんにちは。美穂です」

晴政の両親に出迎えられて、緊張しながらも頭を下げて挨拶する。

彼らは目を見開いてこちらを見ている。

「息子の蓮を連れてきた」

すると義父は満面の笑みを浮かべた。

「そうか！　結婚は無理と思っていた不愛想な晴政が、こんなに若い奥さんをもらえて、しかも子どもが生まれるとはな。ようやくわしの肩の荷が下りたというものだ」

「美穂さんのおかげね。晴政と結婚してくれて、ありがとう」

義母からも感謝の言葉を述べられて、美穂は驚いてしまう。

まさか歓迎されるなんて思ってもみなかった。

「こちらこそ、ありがとうございます。晴政さんと結婚できて、私は本当に幸せです」

「俺も幸せだ。人生をともにする伴侶は美穂しかいないからな」

私たちの気持ちを聞いた両親は、安心したように頷いた。

菓子折を渡すと、にこやかな笑みで義母は受け取った。

「実はね、わたしたちからもプレゼントがあるのよ。美穂さん、受け取ってもらえるかしら」

「えっ……なんでしょう？」

立ち上がった義父は、棚のようなものにかけられた白布を取り去る。

現れたのは棚ではなく、プレゼントの箱の山だった。

まるでタワーのように積まれたそれは見覚えのある光景だ。

美穂の顔に微苦笑が浮かぶ。

「わあ……すごい数のプレゼントですね」

「わしの孫に初めての贈り物をしないといけないからな。おもちゃと服と、滑り台に三輪車……ベビーベッドは今からはいらないと家内に止められた」

嬉しそうにプレゼントを紹介する義父は、呆気にとられる美穂に小首を傾げる。

「ちょっと少なかったかな？　ほかにも電動バギーや天体望遠鏡を買おうとしたんだが、それはまだいいと家内が言うものだから……」

「お義父さん、もう充分です！　こんなにたくさんの贈り物をしていただいて、ありがとうございます」

さらに購入するつもりでいる義父を慌てて止める。

こんなにたくさんあったら、家中がおもちゃで埋め尽くされてしまいそうだ。

晴政は知育玩具のひとつを手にして、嘆息をこぼす。

「数があればいいわけじゃないんだぞ。今から甘やかしてどうするんだ」

それは晴政さんにも言えるのでは……という台詞を、美穂は呑み込む。

美穂にたくさんの服やアクセサリーをプレゼントしてくれたときと、まったく同じ光景なのだが。

晴政がサプライズ好きなのは、父親譲りらしい。

頬を引きつらせた美穂だが、蓮は「あうー」と喃語を発して手を伸ばす。

相好を崩した義父は、音が鳴る積み木のセットを開封した。

「これか？　蓮がほしいものは、じいちゃんがなんでも買ってやるからな」

義父が積み木を渡すと、蓮はしっかり握る。

この月齢になると人見知りが出てくるらしいが、蓮の場合は未だその兆候はない。

目を細めて蓮を見ている両親に、孫を抱いてほしいと美穂は思った。

「蓮を、抱っこしてあげてください」

小学生くらいになったらもう腕に抱えられなくなる。小さくて抱っこできるのは、ほんの一時だ。

美穂が提案すると、戸惑った義父は義母を促した。

「わしが抱っこしたら壊れそうだ。母さん、頼んだぞ」

「あらあら。――蓮、ばあちゃんのところにおいで」

義母が手を広げると、きょとんとした顔をした蓮は義母を見ている。

大丈夫そうだと思い、美穂は腕の中の蓮を預けた。

もっちりとした幼児の体は、義母の腕に収まる。さすが年の功で抱き方が安定していた。

おとなしくしている蓮を、両親は愛しさを込めて見やる。

「肝が据わっている。晴政の小さい頃にそっくりだ」

「顔立ちは美穂さんに似ているんじゃない？　目元が優しいわ。晴政は目つきがきついから」

ふたりが蓮を可愛がってくれてよかった。美穂も晴政の妻として受け入れてもらえたので、安堵の息をこぼす。

両親の様子を見ていた晴政は、ぽんと美穂の肩に手を置く。

「孫を溺愛しそうだな。美穂さえよければ、また連れてきてもいいか？」

「ええ、もちろん。でもプレゼントはもう充分だから」

微苦笑を浮かべた晴政は、ラグジュアリーホテルでのプレゼントの件を思い出したのだろう。

彼は美穂の肩を引き寄せて、耳元に囁く。

「それはどうかな。愛しい者に贈り物をしたいと思うのは、自然な感情だ」

「そこでまたサプライズをしよう」

「それって、晴政さんのことかしら？」

「親に蓮を預けて、ふたりでデートするのもいい。そこでまたサプライズをしよう」

「まったく懲りてないのね……」

くすっと笑った美穂は、幸せを実感する。

山城家には笑顔が溢れていた。家族の楽しげな笑い声が弾けている。

不遇だった美穂は新しい家族に囲まれて、幸福な身の上になった。


両親からプレゼントされた品物の一部を車に積み、蓮を連れた美穂と晴政は家に戻ってきた。

あまりにも贈り物が多かったので、滑り台などは配送してもらうことになった。

山城家の実家を訪れた蓮は新しいおもちゃで遊び、笑い声を上げていたので、祖父母の顔はずっと蕩けていた。

疲れたのか、すでにチャイルドシートで眠ってしまっている。

その安らかな寝顔を見つめた美穂は、そっと我が子を抱き上げた。このまま部屋に運んでベッドに寝かせよう。

玄関の照明にはすでに明かりが点っている。

晴政が玄関扉を開ける前に、つとこちらを振り向いた。

「ただいま」

「えっ？」

美穂も一緒に出かけていたのに、どういうことだろう。

疑問に思ったそのとき、精悍な顔が間近に迫る。

チュッとキスをされて、熱い唇の感触に睫毛を瞬かせる。

「おかえりのキスだ」

端麗な笑みを浮かべてそう言った晴政の台詞に、あっと小さな声が出る。

そういえば、これからは挨拶のキスをすると約束したのだった。

でも、私も出かけていたから〝おかえり〟とは、ならないんじゃ……？

微笑んだ美穂は、甘えたがりの旦那様に答える。

「ふふ。おかえりなさい」

そう言うと、また優しいキスが降ってきた。

庭園には満開の薔薇が咲き誇っている。

一輪の薔薇の根元に、なくしたプラチナリングが嵌められていた。

園芸をしていたとき、手袋を外した美穂が知らずに落とした指輪が茎に吸い込まれたのだった。それをあとになって見つけたが、すでに咲いてしまった薔薇の花を手折るわけにはいかないため、そのままにしている。

指輪を嵌めた薔薇の花が、幸せな夫婦を見守っていた。

# 番外編　最高のバースデー

ダイヤモンドをあしらった豪華なジュエリーが、ショーケースの中で輝きを放っている。

それらを眺めた美穂は、こっそり吐息をついた。

ライトアップされた瀟洒な空間で煌めくのは、どれもが最高級の時計やネックレスだが、どれも美穂の心を躍らせることはない。

今日は、美穂の誕生日――。

たまたま日曜日だったので、仕事が休みの晴政が「蓮は俺が見ているから、ひとりで買い物でもしてきたらどうだ」と言ってきた。

誕生日プレゼントとして、気に入ったものを買ってよいらしい。夫の心遣いに感謝した美穂は、蓮を晴政に任せ、こうしてハイブランドのブティックを訪れている。

育児に奔走しているとひとりの時間が取れないので、久しぶりに自由を満喫している。……はずなのだが、どうにも寂しくて仕方ない。

出かけるときは、後追いを防ぐために晴政がおもちゃで蓮の気を引いていたけれど、ママがいないとわかったら、大泣きしているのではないか。照代と北見は休みなので、誰も手伝ってくれる人がいないのに、晴政ひとりでどうにかなるのか。

普段の晴政は夜泣きに対応したり、蓮をお風呂に入れたりしてくれるので、大丈夫だとは思うけれど心配は尽きない。

「あぁ……どうしよう……」

ダイヤモンドがちりばめられた腕時計を眺めつつ、脳裏には夫と子どもの顔が浮かんでいる。

そもそも、誕生日だからといってなんらかの物がほしいわけではなかった。せっかく晴政が勧めてくれたので、ショッピングを楽しもうとしているだけなのだ。

だけど楽しむどころか、ひとりの寂しさに胸を衝《つ》かれてしまっている。

美穂のつぶやきを拾ったのか、スタッフが品のよい笑みを浮かべて声をかける。

「こちらの商品をおつけになってみますか?」

はっとして、ショーケースに意識が引き戻される。

購入するかどうか迷っていると思われてしまったようだ。

プライスキューブには、高級車が買えるほどの金額が表示されている。

恐れおののいた美穂は咄嗟に身を引いた。

「い、いえ、けっこうです……」

慌ててブティックを出ると、ふうと息をつく。

晴政と結婚して山城家の一族になった美穂は、セレブの仲間入りをしたと言える。だけど、どうにも贅沢をするのには慣れない。これから息子が成長するに従ってお金がかかるので、無駄遣いはできないと考えてしまう。

「そうだ。蓮の新しいスタイを買わないと」

いわゆる、よだれかけは、何度か洗濯すると汚れが目立ってしまう。まだ生後九か月なので本人はまったく気にしていないわけだけれど、可愛らしい笑顔を向けてくれるのに、顔の下につけているスタイが汚れていると気になるので、いつでも新しいものをつけさせたい。

蓮のものを買うため、美穂はベビー服専門店へ足を向けた。

夕方の日の暮れないうちに、買い物を済ませた美穂は家へ戻った。

ショップの袋には蓮のスタイや下着などが入っている。

ひとりでランチをしたし、ほしいものも買えたので、誕生日のプレゼントとして一日を満喫できた。ミッションをこなした達成感でいっぱいである。

「はぁ……やっと帰れる。蓮はどうしてるかな」

タクシーの中でそわそわした美穂は、見慣れた景色を車窓から眺めた。

ようやく自宅に辿り着いてタクシーを降りる。

ロートアイアンの門を開けると、家の窓から明かりがこぼれているのを目にして、ほっとした。

「ただいま」

ところが玄関扉を開けた瞬間、破裂音が耳を衝く。

パンパン！

びっくりしている美穂に、色鮮やかな紙テープが降ってきた。

クラッカーを手にした晴政と照代、それに北見に出迎えられる。

「誕生日、おめでとう！」

「……ありがとう……ございます」

盛大な出迎えに驚きすぎて、瞬きをするのも忘れる。

晴政の腕に抱かれている蓮は、大きな音がしたにもかかわらず、けろりとしている。

「あの、これは、一体……？」

「美穂の誕生日を祝うために、みんなで準備をしたんだ。さあ、パーティーの始まりだ」

晴政に促されてリビングへ行くと、そこにはバルーンでデコレーションされた華やかな空間が広がっていた。

「わあ……！」

数々のピンクのバルーンとともに、ハッピーバースデーの文字が描かれている。まるで夢のような世界が再現されていた。

キッチンから出てきた北見が、ワゴンを押している。

そこにはパーティーサイズのバースデーケーキが鎮座していた。色とりどりのフルーツを眩く照らすかのように、いくつものろうそくが点されている。

思わず美穂が、フーッと息を吹いてろうそくを消すと、拍手とともに再び「誕生日、おめでとう！」とみんなから笑顔で祝ってもらえた。

なにも聞いていなかったので、サプライズに呆然としてしまう。

「……もしかして、私を買い物に行かせたのは、このお祝いの準備をするためだったんですか？」

「そうだ。喜んでもらいたくてな。照代と北見も手伝ってくれたから助かった。もっともふたりはキッチンに籠もっていたから、俺が飾りつけ担当だったんだが。蓮も手伝ったんだぞ。バルーンを置いてくれたりしてな」

美穂の髪に絡まっている紙テープをほどきながら、晴政は嬉しそうに話す。父親の腕に抱かれている蓮は「んっ」と言った。

みんなは内緒で、このパーティーを開くために準備していたのだ。

サプライズのあとには喜びが込み上げる。

こんなに盛大に祝ってもらえるなんて思わなかったので、感激が胸に染みた。鼻の奥がつんとして、涙が溢れてしまう。

「ありがとう……みんな……」

泣き出した美穂に、慌てた照代が声をかける。

「お食事にしましょう。奥様の好きなものをたくさん作ったんですよ。ねえ、北見さん?」

「そうですね」

簡素な返事をした北見がキッチンへ向かうと、あとを追いかけた照代に「もうちょっとなにかないんですか？」などと言われている。

くすっと笑いをこぼした美穂の目元に、蓮が手を伸ばした。

「あうー」

「大丈夫よ。これは痛いんじゃなくて、嬉しいほうの涙なの」

ぷっくりした手を取り、我が子に笑いかける。

蓮はまだ誕生日などのお祝いについてはわからないけれど、母の機微をよく見ているのだ。

晴政が指先を伸ばして、頬を伝った雫を拭う。

「今日はパーティーをみんなで楽しもう」

「そうね。本当にありがとう。びっくりしたけど、とっても嬉しいです」

ふたりで笑みを交わすと、晴政がチュッと頬にくちづける。

不意打ちのキスに驚かされた美穂は、また笑いをこぼした。


誕生日パーティーでは、みんなで豪華なごちそうを食べた。おひらきになって照代と北見が帰ると、祭りのあとが物哀《ものがな》しく感じる。

だけど美穂の心には、生まれてきたことをみんなに祝ってもらえた喜びが溢れていた。バースデーケーキの残りを冷蔵庫に入れながら、まだこんなにも嬉しいことを感じる。

晴政は蓮をお風呂に入れている。

寝室でパジャマを用意していると、バスタオルに包まれて連れてこられた蓮は、すでに眠っていた。

「かなり疲れたようだな。俺が着替えさせておくから、美穂は風呂に入ってきてくれ」

「それじゃあ、よろしくね」

着替え一式を置いた美穂は、夫に任せてバスルームへ向かった。

ゆっくりと湯船に浸かり、髪と体を洗う。

風呂上がりにドライヤーで髪を乾かし、支度を整えてから子ども部屋を覗くと、蓮はぐっすり寝ていた。

天使のような寝顔を見てから夫婦の寝室へ行くと、晴政もベッドに入っていた。

室内に点る橙色のライトが幻想的な空間を作り上げている。

ふと自分のベッドに目を移した美穂は、枕の横に小さな箱が置いてあるのを見つけた。

「あら？　これ、なにかしら」

見覚えのないものだが、なんだろう。

手を伸ばし、箱を取ったそのとき。

「かかったな」

低い声が響いて、どきりとする。

その刹那、強靭な腕に包まれて、ぐるりと視界が巡った。

「きゃあっ」

ベッドに押し倒されて瞬いたときには、艶めいた笑みを浮かべた晴政の顔が眼前に迫っていた。しっかりと抱えられていたのでまったく痛みはないものの、突然のことに驚かされる。

「あっ……もしかして、この箱は囮《おとり》だったの？」

「誕生日プレゼントだ。なにも買ってこなかっただろう？」

晴政は事前にプレゼントを用意していたのだ。美穂が今日、自分へのプレゼントを買ってきてもこなくても、夫からの贈り物はあることに気づかされる。

「嬉しい……ありがとう。開けてみてもいい？」

「いいぞ。ただし、開けられたらな」

チュ、チュッと熱いくちづけが降ってくる。

彼の腕の中に囚われているので、身動きができない。

「あん、もう。動けないんだけど」

「きみが可愛すぎるから、愛し尽くしてからでないと解放できない」

しっとりと濃密なくちづけを交わし、ネグリジェをほどかれる。肌の至るところにキスされて、ねっとりと舐め溶かされた。

晴政の愛撫はいつも濃厚で、甘い声が止められなくなる。そうすると、いっそう彼は唇や舌を巧みに操り、体の奥深くまで濡らされる。

やがて潤沢な体内を、極太の楔《くさび》が貫く。

力強い律動に身を委ねると、至上の快楽を注がれる。

夫と深いところまで交わるのは、愛欲の沼に沈んでいくようで、最高に心地よかった。

「美穂……気持ちいいか？」

「うん、すごく……気持ちいい……」

やがて夫婦の営みを終えるときには、ぐったりした美穂は意識を失っていた。夫の情熱を何度も受け止めて、心身は満たされている。

眠りに就いた美穂の首に、ダイヤモンドのネックレスがそっとかけられる。

「何度でも、きみにダイヤモンドをプレゼントしよう」

空箱を手にした晴政は、愛する妻の唇にそっとキスをした。

ふたりの約束を見守っているダイヤモンドは、永遠の輝きを静かに放っている。

# あとがき

こんにちは、沖田弥子《おきたやこ》です。

このたびは『政略婚に出された孤独な令嬢は、冷酷なはずの年上社長に授かった子どもごと甘々に愛し尽くされています』をお手に取ってくださり、ありがとうございます。

私はイケオジとの年の差婚が大好物なのですが、年の差婚の醍醐味《だいごみ》といえば、ヒーローの財力と包容力ですよね。あと年上に甘えたりとか、意外と甘えられて可愛いと感じたりとか……夢は広がります。

イケオジというヒーローのカテゴリは不滅だと私としては思っていますので、今後もイケオジとの甘々な恋愛と結婚を読者様にお届けできたら嬉しいです。

最後になりましたが、本作品の書籍化にあたりお世話になった方々に深く感謝を申し上げます。麗しいイラストを描いてくださった炎《ほのお》かりよ先生、ありがとうございました。そして読者様に心よりの感謝を捧げます。

願わくは、皆様の夢が叶いますように。

沖田弥子

マーマレード文庫

# 政略婚に出された孤独な令嬢は、冷酷なはずの年上社長に授かった子どもごと甘々に愛し尽くされています

2024年9月15日　第1刷発行　定価はカバーに表示してあります

著者　沖田弥子　©YAKO OKITA 2024
発行人　鈴木幸辰
発行所　株式会社ハーパーコリンズ・ジャパン
東京都千代田区大手町1-5-1
電話　04-2951-2000（注文）
0570-008091（読者サービス係）
印刷・製本　中央精版印刷株式会社


ISBN-978-4-596-77912-0



m a r m a l a d e b u n k o